목요일에는 코코아를

木曜日にはココアを

MOKUYOUBI NIWA COCOA WO
by
MICHIKO AOYAMA

목요일에는 코코아를

아오야마 미치코 지음
권남희 옮김

Cafe
Marble

Cafe
Marble

2022년
일본 서점대상 2위
수상작가의 따뜻하고
감동적인 이야기

★ ★ ★ ★ ★

우리는 모르는 사이에 누군가를 구원한다.

문예춘추사

차 례

목요일에는 코코아를

Brown/Tokyo

내가 좋아하는 그 사람은 코코아 씨라고 한다.

진짜 이름은 모른다. 내가 마음대로 그렇게 부를 뿐이다.
내가 일하는 '마블 카페'의 창가 구석 자리.
반년쯤 전부터 그녀는 혼자 와서 꼭 그곳에 앉는다.
주문은 언제나 똑같다.

"핫코코아 주세요."
비가 그친 뒤의 물방울 같은 눈동자로 나를 올려다본다.
어깨까지 오는 밤색 머리칼을 흔들며.

마블 카페는 조용한 주택가 구석에 있다.

강변의 벚나무 가로수가 막 끝나는 지점에, 큰 나무 뒤에 숨듯이 있는 자그마한 가게다. 다리를 건너 맞은편 강변에는 몇 개의 가게와 시설이 있지만, 이쪽은 민가뿐이어서 인적도 드물다. 홍보하는 일도 없고 잡지사에서 취재하러 오는 일도 없고, 아는 사람만 아는 카페로 영업하고 있다.

테이블 석 세 개와 다섯 명 정도 앉을 수 있는 카운터 석. 멋없는 원목 테이블과 의자, 천장에 매달린 램프.

만석이 될 때도 없지만, 텅 비는 날도 없어서 나는 매일 앞치마를 단단히 매고 손님을 맞이한다.

코코아 씨가 가게에 오는 것은 언제나 목요일이다.

오후 3시가 지났을 즈음 문을 열고 들어와서 세 시간 정도 카페에서 보낸다.

그는 대체로 긴 영문 편지를 읽거나 쓰고, 영자 신문을 읽거나 창밖을 바라본다. 평일 낮에는 아이를 데리고 오는 어른이나 노인 손님이 많아서 코코아 씨 같은 젊은 여성은 드물었다. 학생은 아닌 것 같고 결혼반지도 끼지 않았다. 성인식을 한 지 3년 지난 나보다 아마 조금 연상일 것 같다.

나는 영어는 전혀 못한다. 마지막으로 '편지'를 쓴 게 언제인지 기억도 나지 않는다.

그래서 그가 이국의 땅에 사는 사람에게 그날 일어난 일이나 생각을 주고받는 것이 마치 가공의 세계에서 일어나는 일처럼 느껴졌다. 트레이싱 페이퍼처럼 얇은 편지지, 사방 삼색기로 두른 봉투. IT 시대에 손으로 장문을 쓴다는 것 자체가 좀 의아한데, 이런 복고풍 아이템을 애용하는 코코아 씨는 더욱 현실과 동떨어져 보였다. 옆을 지나갈 때 얼핏 보니 그는 만년필로 예쁜 필기체를 쓰고 있었다. 어떤 마법의 주문을 쓰고 있을까.

편지를 쓰는 코코아 씨를 보는 것이 나는 너무 좋았다. 입술이 살짝 호를 그리고 하얀 뺨에 붉은빛이 돈다. 눈을 깜빡거릴 때마다 내리뜬 눈가에 진한 갈색의 긴 속눈썹이 그림자를 만든다.

그럴 때의 코코아 씨는 절대 나를 보지 않는다. 그래서 나는 그를 빤히 볼 수 있다. 편지의 상대를 정말로 소중히 생각하는구나, 하는 부러움과 질투가 마음속에서 손을 잡는다.

내가 이곳에서 일하게 된 것은 2년 전 초여름부터다.

강변을 따라 파란 잎만 남은 벚나무 가로수 아래를 걸으면서 "이 나무는 어디까지 이어져 있을까?" 하고 무심히 생각한 것이 시작이었다.

그때 나는 무직이었다. 고등학교를 졸업하고 일하던 체인점 레스토랑의 경영 부진으로 해고당했다. 그날도 헬로워크(공공직업 안정소—옮긴이)에서 돌아오는 길이었다. 취업 활동이 순탄하지 않아서 불안과 시간만큼은 넉넉했다. 어차피 한가하여 가로수가 끊기는 곳까지 걸어가 보았더니 나뭇잎이 무성한 커다란 나무 뒤로 카페가 있었다.

이런 곳에 카페라니. 나는 지갑 속 동전을 확인한 뒤 가게 문을 열었다. 커피 한 잔이라면 마실 수 있다.

가게는 좁았지만, 마음이 평온해지는 공간이었다. 갈 곳 없는 내게 '자리'가 있다는 것이 너무나 고맙게 생각됐다. 처음 왔는데 내 집에 돌아왔을 때 같은 안도감. 체인점의 복작복작한 소음과는 정반대였다. 이런 곳에서 일할 수 있다면…….

가게 안을 둘러보다가 나는 숨을 삼켰다. 점원인 듯한 남성이 벽에 '아르바이트생 모집'이라는 종이를 붙이는 참이었다. 절묘한 타이밍. 나는 두근거리면서 카운터 석에 앉았다.

종이를 붙이고 점원이 메뉴와 물을 갖고 왔다. 쉰 살 정도일까. 몸집이 자그마하고 마른 몸에 평범한 얼굴이지만, 이마 한복판의 점이 엄청나게 강렬한 인상을 주었다. 나는 세련된 디자인의 메뉴판을 들여다보며 가격을 확인하고 주문했다.

"따뜻한 커피 주세요."

"따뜻한 거요."

점박이 남성이 카운터 안으로 들어갔다. 보글보글 사이펀으로 커피 끓이는 모습을 물끄러미 바라보았다.

"저어……점장님이십니까?"

"네. 마스터라고들 하죠. 꿈이었거든요, 커피숍에서 커피 끓이는 마스터."

마스터는 카운터 너머로 커피를 내밀었다. 향긋한 향이 피어오르는 컵은 스야키(유약을 바르지 않고 저온에서 구운 자기―옮긴이)였다. 마셔보니 부드럽고 감칠맛이 났다. 나는 한 모금 마신 뒤 결심하고 의자에서 일어섰다.

"아르바이트 면접을 봐도 되겠습니까. 여기서 일하고 싶습니다."

마스터는 진지한 얼굴로 말없이 5초쯤 나를 보더니 이렇게 말했다.

"좋아. 그럼 정사원으로."

놀라서 입이 벌어졌다. 아직 이름도 말하지 않았는데? 게다가 아르바이트가 아니고 정사원?

"하지만 이력서나 신분증명서나……."

"필요 없어. 난 보는 눈만큼은 있거든. 아르바이트 쪽이 좋아? 정사원이면 곤란한가?"

"그렇지는……."

"그럼 결정."

마스터는 카운터를 나오더니 아르바이트 모집 종이를 떼어냈다.

그렇게 해서 나는 마블 카페의 정사원이 됐다. 마스터는 그러고 나서 바로 "한동안 가게를 비울 테니까 나머지는 와타루, 자네 혼자 적당히 알아서 해주게." 하고 말했다.

"어차피 누군가에게 물려줄 생각이었어. 생각보다 빨리 자네가 와주어서 다행이야."

"그렇지만 커피숍에서 커피를 끓이는 마스터가 꿈이었다면서요?"

의아해하며 물어보자, 마스터는 행복한 눈빛으로 대답했다.

"꿈은 이루어진 시점에서 현실이 되니까. 난 꿈을 좋아해. 그러니까 이제 됐어."

그 후로 2년째 나는 마블 카페를 혼자 맡아서 하고 있다. 물론 경영자 명의는 마스터이고, 나는 고용 점장 같은 것이다. 느닷없이 가게를 맡기다니 아무리 생각해도 이상했지만, 그런 있을 수 없는 상황은 내게 의문을 가질 틈조차

주지 않았다. 체인점처럼 매뉴얼은 없고 마스터가 가르쳐
준 것은 문단속하는 법 정도였다. 시행착오를 해가는 동
안에 조금씩 단골손님이 늘어나고, 친척처럼 나를 귀여워
해주는 할머니와 유치원에서 돌아온 아이를 데리고 온 아
빠가 종종 들렀다. 완전히 나다운 색깔이 생긴 이 카페에
마스터는 불쑥 와서는 벽의 그림을 바꾸거나 손님인 척하
고 카운터에서 스포츠 신문을 읽고 있다.

　나의 영역은 2층 건물의 임대 원룸과 이 카페뿐이다. 하
지만 나는 이 작은 세상에 충분히 만족한다. 방은 낡고 좁
지만, 2구 가스레인지가 있어서 요리하기 가능한 것이 마
음에 들었다. 무엇보다 이 카페를 사랑한다. 그리고 호사스
럽게도 밤색 머리의 총명한 손님을 흠모하고 있다.

　점원이 손님을 흠모하다니, 그래서는 안 될 일일지도 모
른다. 하지만 짝사랑이니까 괜찮다. 마스터의 말을 빌리자
면 꿈으로 좋다. 짝사랑은 나쁘지 않다. 그저 좋아하기만
한다. 단지 그것뿐인데 힘을 준다. 그래서 나는 내가 할 수
있는 한 최선을 다한다. 예를 들자면, 그렇지.

　목요일에는 특히 맛있는 코코아를 그에게 올린다. 그게
전부다.

　7월 중순이 되어 장마가 그치고 하늘이 눈부신 계절이

왔다.

목요일. 오후 3시가 지나, 안절부절못하고 있는데 언제나처럼 문이 열렸다.

하지만 코코아 씨는 평소와 달랐다. 녹초가 되어서 토트백을 멘 어깨를 축 늘어뜨리고 있다. 하필 그가 좋아하는 자리에는 먼저 온 손님이 있었다. 다림질이 잘된 블라우스에 타이트스커트를 입은 똑똑해 보이는 여성이다. 테이블에는 책이 몇 권 있고 연신 태블릿을 조작하고 있다. 코코아 씨는 그 사람을 본 뒤, 늘 앉던 자리에 등을 돌리듯이 하고 비어 있는 한복판 테이블에 앉았다.

내가 물과 메뉴판을 갖고 가자 땀이 나는 더운 날인데 코코아 씨는 어김없이 핫코코아를 주문했다. 그때만큼은 잠깐 나를 봐주다가 이내 테이블로 시선을 떨어뜨렸다.

내가 핫코코아를 갖고 간 뒤에도 코코아 씨는 고개를 푹 숙이고 있었다. 편지지 세트도 만년필도 페이퍼백도 꺼내지 않았다. 그저 멍하니 테이블 끝을 응시하고 있다.

나는 보고 말았다. 주르륵, 하고 그녀의 뺨을 타고 내리는 것을.

달려가고 싶었지만 그러지 못했다.

코코아 씨에게 나는 자동판매기 버튼에 지나지 않는다. 그는 차림새로 보아 좋은 집안 따님으로 영어를 유창하게 하고, 외국에 장기간, 혹은 여러 번 다녀왔을 터다. 항공우편의 상대는 원거리 연애 중인 남자친구로, 이 카페 이외에는 나와 전혀 겹치는 부분 없는 멀고 먼 세상에 사는 사람일 것이다.

하지만 지금 이 순간의 나는 닿는 것도 가능할 정도로 가까이에 있어서 가능한 일이라면 그의 눈물을 닦아주고 싶다. 괜찮아요, 하고 살며시 손을 잡아주고 싶다.

그런 기적은 절대 일어나지 않겠지만. 무엇이 괜찮은지도 잘 모르겠지만.

카페 점원과 단골손님. 앞치마를 벗을 수 없는 내가 코코아 씨에게 할 수 있는 일이라면…… 할 수 있는 일이라면…….

푸스럭하는 소리가 나더니 책이 두 권 바닥에 떨어졌다. 언제나 코코아 씨가 앉는 자리에서 태블릿을 켜놓고 있던 손님이다. 그는 실망한 듯이 크게 한숨을 쉬더니 책을 주웠다. 뭔가 오늘, 이 가게에 오는 여성 손님은 모두 난감한 얼굴을 하고 있다.

"어머나, 시간이 벌써 이렇게."

목요일에는 코코아를   Brown/Tokyo

손님은 손목시계를 보더니 고급스러워 보이는 검은 가방에 책을 찔러 넣고 급하게 계산대로 향했다.

그 손님에게는 미안하지만, 나는 "됐다!"라고 생각했다. 재빨리 계산을 마치고 쟁반을 들고 그 테이블 석으로 달려갔다. 아이스커피 잔, 반쯤 준 물컵, 물수건, 빨대 봉지. '정리 선수권'이 있었더라면 우승하지 않을까 싶을 정도의 빠르기로 그것들을 쟁반에 올리고, 테이블을 닦았다.

"비었습니다."

들뜬 목소리로 코코아 씨에게 말하자, 그는 어리둥절한 표정으로 얼굴을 들었다. 쓸데없는 짓을 했나 하고 잠시 움찔했지만, 어떻게든 마음을 전하고 싶어서 나는 용기를 쥐어짰다.

"늘 앉으시던 자리 말입니다. 좋아하는 자리에 앉는 것만으로 힘이 날 때가 있잖아요."

코코아 씨는 큰 눈을 더 커다랗게 뜨고 깜짝 놀란 표정으로 방금 빈 자리를 돌아보았다.

그리고 다음 순간, 눈이 사르르 녹듯이 웃었다.

"고맙습니다. 그럴지도 모르겠군요."

코코아 씨는 언제나의 자리로 옮겨서 잠시 창밖을 바라보았다. 그리고 코코아를 한 잔 다 마신 뒤, 드물게 리필을 했다.

두 잔째의 코코아를 갖고 가자, 그는 언제나처럼 영문 편지를 쓰기 시작했다. 테이블에 컵을 놓으려는 순간, 갑자기 '저기' 하고 말을 걸었다. 움찔해서 손이 흔들렸다. 흔들린 컵에서 코코아가 몇 방울 편지지에 흩어졌다.

"죄, 죄송합니다, 죄송합니다!"

기껏 좋은 분위기였는데 통한의 실수. 정수리에서 발끝까지 파도가 밀려가듯 핏기가 싹 가셨다. 나는 황급히 냅킨으로 닦으려고 했다.

"잠깐만!"

코코아 씨의 손이 내 손에 포개졌다. 이번에는 심장이 금붕어처럼 팔딱거렸다.

"봐요, 코코아 하트!"

그 말을 듣고 자세히 보니 조금 일그러졌지만, 정말로 코코아가 갈색의 하트를 그리고 있었다.

하트?

"재미있어요. 이대로 보내야지."

코코아 씨는 무지개를 발견한 아이처럼 들떴다. 이렇게 웃기도 하는구나. 내 속의 물고기는 아까부터 팔딱팔딱 정신없이 뛰고 있다.

"핫코코아로 따스해지기를, 이라고 쓸게요."

코코아 씨는 그렇게 말하면서 우아한 손놀림으로 흐르는 듯한 영문을 썼다.

그리고 언제나의 자리에서 언제나처럼 기분 좋은 미소를 지었다.

나는 알았다. 이 작은 세계에서도 기적은 일어난다. 처음 닿은 부드러운 손. 내게만 보여준 즐거워하는 웃는 얼굴.

코코아 하트 바로 옆에 'My dear best friend, Mary'. 영어를 못하는 나도 의미는 안다. 메리라는 가장 소중한 친구에게 보내는 편지.

코코아 씨가 왜 울었는지는 모르겠지만, 일단 영문 편지의 상대가 원거리 연애 중인 남자친구가 아니다. 나는 자꾸 웃음이 나는 얼굴을 쟁반으로 가렸다.

2

참 담백한 달걀말이

Yellow/Tokyo

마블 카페에서 나오다가 숄더백에서 책이 비어져 나와 있는 것을 발견했다. 팬시한 그림의 표지는 큰마음 먹고 산 버킨백과 전혀 어울리지 않는다. 나는 책을 가방 깊숙이 넣고 아들 다쿠미를 데리러 유치원으로 향했다.

아들이 다니는 유치원은 보통 오후 2시에 데리러 가야하지만, 4시까지 맡아주는 연장 보육 시스템이 있다. 남편 테루야가 미리 신청해둔 덕분에 조퇴하기 전에 오후 첫 사내 미팅을 할 수 있었다. 생각보다 빨리 끝나서 강변에 있는 좋아하는 카페에서 차를 마시며 내일 작전을 짤 생각이었다.

마블 카페는 나의 아지트다. 벚나무 가로수길 끝에 오도

카니 있어서 창으로 사계절 풍경을 즐길 수 있다. 인테리어가 부드럽고 차분한 데다 남성 점원이 젊고 귀여워서 눈 건강에도 좋다. 요즘 세상에 드물게 순박한 타입의 청년. 그가 만든 핫샌드위치는 화려하지 않지만, 정성껏 만들어서 어딘가 그리운 맛이 난다. 요리에는 그 사람이 나오는 거구나, 하고 새삼 생각했다.

하지만 오늘은 그리 여유롭게 쉴 수 없었다. 미개척 장르에 발을 들여봐야지, 하고 책을 펼치자마자 긴급 업무 메일이 들어왔다. 실수한 부하 직원의 SOS 메일이었다. 서둘러 부하에게 지시를 내리고 클라이언트에게 내가 사과하여 뒤처리해주었다.

태블릿으로 메일 쓰기에 집중하고 있는데 테이블에 두었던 책들이 바닥에 떨어졌다. 새로 산 책인데 모서리가 구겨져서 한숨이 크게 나왔다. "실패할 거야." 하고 누군가가 말하는 것 같아서.

손목시계를 보니 픽업 시간인 4시가 되어가고 있었다. 7월 중순의 햇볕은 이 시간이 돼도 아직 뜨겁다. 해에게도 쫓기는 기분으로 스타킹이 달라붙는 다리로 걸음을 빨리했다. 업무 파일에다 특집 잡지를 두 권 넣은 탓에 버킨백이 빵빵했다.

유치원은 다리를 건너서 맞은편 강변에 있다. 지금 다쿠미를 픽업해서 패밀리 레스토랑에서 이른 저녁을 먹고, 귀가하고 다음은……. 아아, 다쿠미 목욕을 시키고 재워야지. 오늘은 연습할 것이 있는데. 회사 일보다 훨씬 어려운, 결혼 후 최대 미션.

내일 처음으로 다쿠미의 도시락을 만들어야 한다.

아까 카페에서 넘겨본 도시락 책에는 '맛있어 보이는 기본 색상 5가지'가 실려 있었다. 빨강, 초록, 검정, 갈색, 노랑. 빨강은 방울토마토를 그냥 넣기만 하면 되니까 간단. 초록은 브로콜리를 잘 데칠지 자신은 없지만, 그리 어렵지 않을 터다. 검정은 김, 작은 주먹밥을 만들기로 하고, 갈색은 비엔나소시지를 볶으면 된다. 잘 모르겠지만, 칼집을 넣으면 문어나 게 모양이 될 것이다.

노랑.

그렇다. 문제는 노랑. 노란 음식, 그것도 도시락에서는 뭐 그것밖에 없다.

유치원 문이 보인다. 생각해보니 유치원에 다쿠미를 데리러 가는 것도 처음이다. 유치원에 간 지 2년이 지났는데 지금까지 내가 유치원에 간 것은 입학식과 운동회, 크리스마스 파티 정도다. 언제나 테루야와 함께 동영상을 찍었다. 하지만 오늘은 옆에 테루야가 없다. 혼자서는 불안하여 긴장하면서 문을 열고 들어가자 옆에서 누군가가 "안녕하세요"라고 했다.

돌아보니 엄마들 네 명이 무리지어 있다. 그 주변에서 아이들이 잡기 놀이를 하고 있다. 엄마도 아이도 아무도 아는 사람이 없어서 나는 굳었다.

보더 셔츠를 입은 엄마 한 사람이 나를 보고 있다. 말을 걸어준 사람은 그일 것이다. 푸석한 머리를 하나로 묶고 은테 안경을 끼고 있다.

"오늘은 아빠가 아니네요."

"아, 네. 네."

누구였더라 생각하면서 나는 최대한 웃는 얼굴을 만들었다. 보더 씨가 내게 말을 건 것은 좋았지만, 대화가 더 이어지지 않으니 쓴웃음을 짓고 있다. 나는 얼른 자리를 벗어나고 싶어서 인사를 하며 무리에 몸을 돌렸다. 다른 엄마들도 어색하게 웃는 얼굴로 인사를 하면서 내게 시선을 보내는 게 느껴졌다.

내가 그녀들에게 등을 돌리자, "누구야?" "다쿠미네." "아아." 하는 소리가 들렸다.

"아빠, 안 오는구나. 오늘 나 아르바이트 가는 날이어서 연장 보육 했거든. 다쿠미가 있기에 아빠를 만날 수 있을까 했더니." 하고, 무리에서 노골적으로 실망한 소리가 나서 나는 무심결에 걸음을 멈추었다.

뭐야, 인기인이잖아, 다쿠미 아빠는. 돌아보지 않고 나는 다시 걷기 시작했다.

원 안으로 들어가니 다쿠미가 버섯 머리를 흔들면서 '엄마아~' 하고 달려왔다. 두 팔을 옆으로 활짝 펴고 비행기 시늉을 한다. 탄 적도 없는 비행기는 다쿠미의 동경 대상이다.

다쿠미에 이어서 스무 살 남짓해 보이는 선생님이 다가왔다. 아마 부담임인 에리 선생님일 것이다. 삶은 달걀처럼 피부가 반질반질하고 핑크 앞치마가 더할 수 없이 잘 어울렸다.

"우와, 처음이시죠, 어머니가 오신 것. 다쿠미, 좋겠네."

또 그건가. 내가 데리러 오는 것이 그렇게 놀랄 일인가, 아니면 다들 테루야를 보고 싶어 하는 건가. 피해망상일지도 모르지만, 평소 아이를 픽업하지 않는 것을 모두가 나무라는 것처럼 느껴졌다.

다쿠미는 사물함에서 통원 가방을 꺼내고는 선생님에

게 "아빠, 교토 갔어요." 하고 의기양양하게 말했다. 선생님이 다쿠미와 눈을 마주치려고 몸을 구부렸다.

"교토? 여행 가신 거야?"

"아뇨, 일!"

"어머나, 아빠, 일 시작하신 거야?"

나는 선생님에게 "일이라고 할 정도는 아닙니다만." 하고 대답하면서, 통원 가방을 다쿠미 어깨에 메주었다.

"다쿠미는 도쿄, 아빠는 교토. 도쿄와 교토."

다쿠미는 새로 알게 된 지명을 기쁜 듯이 흥얼거리면서 현관으로 달려나갔다. 다섯 살짜리의 뇌는 새로운 것을 받아들이는 것이 즐거워서 어쩔 줄 모르는 것 같다.

유치원 창밖으로 아직 얘기에 빠진 엄마들 무리가 보였다. 나는 선생님한테 "저어, 저기 보더 셔츠 분, 누구 어머니세요?" 하고 작은 소리로 물었다.

"아, 루루 어머니세요. 소에지마 루루."

소에지마, 소에지마 루루. 머릿속으로 따라하다 보니 입학식 때 옆자리였다는 어렴풋한 기억이 되살아났다. 그때 인사와 간단한 자기소개를 했을지도 모른다.

"그럼 실례하겠습니다, 에리 선생님."

머리를 숙이는데 선생님의 앞치마에 '에나'라고 수를 놓은 와펜이 보였다. 맙소사, '에리'가 아니라 '에나'구나.

그러나 선생님은 전혀 개의치 않고 웃는 얼굴로 "안녕히 가세요." 하고 다른 어머니에게로 갔다.

네, 안녕히 계세요. 도망치듯이 원을 뛰어나왔다. 멍청한 엄마로 보였을까. 더위 탓뿐만은 아닌 이상한 땀이 이마에 송골송골 배어났다.

손을 잡고 큰길로 나오자 다쿠미가 얼굴을 들었다.

"있지, 있지, 엄마. 아빠, 비행기 탔을까?"

"타지 않았어. 교토에는 신칸센으로 가."

"신칸센은 날아?"

"날지 않아."

"풍이는 날아."

"풍이 얘기 하지 않았잖아."

"교토행, 다쿠미호, 이륙합니다! 출발 신호!"

엉터리다. 재미있지만.

나는 쿡 웃음을 터트리면서 다쿠미의 축축한 손을 꼭 잡았다.

매미가 운다. 그러고 보니 얼마 전에 다쿠미가 아빠와 주웠다며 매미 껍데기를 들고 돌아왔지. 계절이 바뀌는 이 길을 테루야는 매일 매일 이렇게 다쿠미와 걸었다고 생각하니 뭔가 갑자기 혼자 소외된 기분이 들어서 가슴이 찌릿

했다.

남편 테루야는 그림을 그려서 생활한다. 그림을 '팔아서'는 아니다. '그리기'만 할 뿐이다, 현재는. 만났을 때는 같은 광고회사에서 일하는 두 살 아래 부하 직원이었다.

결혼할 무렵이 되자, 그는 "나, 그림을 그리고 싶어"라고 하며 "혹시 가능하다면 회사 그만두고 집안일을 하고 싶어"라고 애원했다.

그 말을 듣고 일단 "뭐어?" 하고 놀란 척해 보이긴 했지만, 내심 행운이라고 생각했다. 줄곧 부모님과 같이 살며 의지했던 나는 그때까지 밥그릇도 씻은 적이 없고, 밥솥 스위치를 눌러본 적도 없었다.

집안일보다 회사 일 쪽이 백 배 즐겁다. '화가 지망생인 남편을 먹여 살리는 가장'으로 지낸다고 하면 충분히 대의명분이 생긴다.

이렇게 해서 나는 점점 일에 열정을 쏟고, 테루야는 보람찬 주부가 됐다. 요리도 잘하고 시트 다림질도 하고, 먼지 하나 없이 집을 청소했다. 전철로 한 시간 정도 거리에 사는 우리 부모님과 원만하게 잘 지내는 것도 잊지 않았다. 내가 임신해서 산휴를 받는 동안에도 그는 나를 정말로 소중히 돌봐주었고, 다쿠미가 태어난 후로는 내가 충분히 잠을 자도록 종종 다른 방에서 재워주었다. 모유가 잘 나오지 않기도 해서 일찌감치 분유로 바꾸었고, 복직도 빨리 빨리 해서 다쿠미 육아를 했다는 실감이 별로 없다. 혼자 서기를 하고, 걸음마를 시작한 기념할 만한 순간에 있어본 적도 없다. 유치원에 들어가서 수제품으로 가져가야 하는 가방도 신발주머니도 테루야는 싫어하지 않고(오히려 기뻐하며) 기성품처럼 높은 완성도로 만들었다. 나는 "이런 걸 못 만드는 엄마들 상대로 팔면 어때?" 하고 부추겨보았지만, "그렇게 잘 만드는 건 아냐." 하고 웃어넘겼다. 욕심이 없다. 테루야가 그럴 마음이라면 내가 매니저를 해줄 텐데.

어쨌든 우리 집은 완벽한 조화로 이루어졌다. 교토에서 그런 제안이 오기 전까지는.

인스타그램에 올린 테루야의 그림이 '창의적이고 독특하다'라는 평가를 받으며 팔로우가 늘어나고 댓글이 많아지는 건 알고 있었지만, 설마 그룹전 오퍼가 올 정도일 줄은 몰랐다. 교토의 호기심 많은 갤러리 오너가 아직 세상에 나오지 않은 화가나 일러스트레이터를 다섯 명 정도 모아서 전람회를 여는데 참가해보지 않겠냐고 제안을 한 것이다.

확실히 테루야의 그림은 재미있다. 한 장의 풍경에서 여러 가지 것이 보이는 트릭아트다. 세상에 흔한 병아리 아티스트 중에서 테루야의 작품이 뛰어난지 어떤지는 잘 모른다. 처음에는 꿈을 좇는 사람에게 미끼를 던지는 사기꾼에게 걸린 게 아닌가 의심해서 인터넷으로 갤러리에 관해 검색했다. 하지만 나오는 것은 사뭇 훈훈한 화제뿐, 이번 전람회에도 교통비와 숙박비는 나오지 않지만 참가료를 받지 않는다. 이런 이벤트가 지금까지 몇 번이나 열렸다. 오너는 그 방면에서 꽤 알려진 사람인 듯 몇 개의 얼굴 사진이 올라와 있었다. 어느 것에도 이름은 없고, 갤러리 오너인데 어째선지 '마스터'라고만 소개됐다. 수수하고 평범한 얼굴의 아저씨지만, 이마 한복판에 있는 점이 인상적이었다. 유력한 인맥이 있는지 그로 인해 꽃을 피운 사람도 적지 않은 것 같다.

그 '마스터'에게 인스타그램을 통해 다이렉트 메시지를 받은 테루야는 내게 말했다.

"그룹전 자체는 금요일부터 일요일까지인데 반입이나 미팅이 있어서 목요일 아침에 다쿠미를 유치원에 데려다주고 그 길로 교토에 가려고. 그러니까 목요일에 데려오는 것과 금요일 픽업과 도시락을 부탁해도 될까. 일요일 마지막 비행기로는 돌아올게."

나는 바로 '좋아'라고 하진 못했다. "일도 있고 무리야." 하는 비정한 말이 목구멍까지 올라왔다. 내가 잠자코 있자, 테루야는 수습하듯이 말했다.

"교통비나 호텔비라면 내 돈으로 낼게. 아사미가 일해서 벌어준 돈은 1엔도 쓰지 않을 테니까 부탁해."

어이가 없었다. 테루야는 혹시 줄곧 '돈을 벌지 못하는 나는 하고 싶은 걸 참고 살아야 한다, 생활비는 나를 위해 쓰면 안 된다'라고 생각하면서 알뜰하게 산 걸까. 혹시 지금까지도 그림을 그리는 데 필요한 것은 전부 결혼 전부터 갖고 있던 자기 저금으로 산 걸까.

나는 엉겁결에 "그런 건 상관없어, 내줄 테니까 써"라고 해놓고, 바로 아차 했다. '내줄 테니까'라니. 불손한 표현을 뉘우쳤다.

그러나 테루야는 전혀 개의치 않는 모습으로 선뜻 말했다.

"아냐, 정말로. 돈은 괜찮아. 나도 이제 조금씩 벌고 있으니까."

"응?"

벌고 있다고? 내가 고개를 앞으로 내밀자, 테루야는 고개를 숙이면서 말했다.

"응…… 말하지 않았는데, 디 트레이드가 비교적 잘되고 있어."

나는 말을 잃었다. 그런 건 상상도 한 적이 없었다. 멍하니 테루야를 보고 있는데, 그가 물어보듯이 말했다.

"다쿠미, 부탁해도 돼?"

응, 뭐…… 마지못해 우물거리면서 승낙했지만, 나는 그때부터 끙끙거리며 불안에 시달렸다.

그건 그렇고, 일단은 눈앞의 허들을 해결해야 한다.

유치원 픽업은 그날만 일을 잘 조절하면 된다. 테루야가 없는 동안의 식사도 외식이나 백화점 지하 음식 코너로 해결할 수 있다.

문제는 금요일 도시락이다.

빨강, 초록, 검정, 갈색, 그리고 노랑. 도저히 벗어날 수 없는 달걀말이.

다쿠미와 함께 패밀리 레스토랑에서 저녁을 먹고 집에 온 뒤, 나는 주방에서 프라이팬을 한 손에 들고 특훈에 들어갔다. '달걀말이 만드는 법'은 책에서도 인터넷에서도 많이 보고 머리에 입력했는데, 좀처럼 잘되지 않는다. 부풀지도 않는 데다 프라이팬에 달라붙어서 예쁘게 말리지도 않는다. 게다가 레시피에 따라 간을 맞추는 게 소금이기도 하고 설탕이기도 하고 간장이기도 하다. 녹말가루나 우유를 넣으라는 데도 있다. 우리 집 달걀말이는 어떤지 모르겠다. 하지만 그런 것을 테루야에게 묻기도 꺼려졌다.

싱크대 위에 실패한 달걀말이가 점점 늘어났다. 거실에서 텔레비전을 보고 있던 다쿠미가 오더니 "우와!" 하고 소리를 지르며 천진난만하게 물었다.

"이 요리는 이름이 뭐야?"

그 말에 힘이 쭉 빠져서 말없이 새 달걀을 볼에 깼다.

텔레비전에서 애니메이션 주제가가 흘러나왔다. 다쿠미는 노래를 따라 부르면서 희한한 춤을 추기 시작하더니 폴짝폴짝 뛰어오르며 '부우웅' 하고 비행기가 되어 거실로 돌아갔다.

긴 나무젓가락으로 달걀을 저었다. 쉐이크쉐이크, 쉐이크쉐이크. 얼마나 저으면 될까? 어느 정도 구우면 될까? 시야 가득한 노란색이 점점 부예져서 내가 울고 있다는 사실을 깨닫고 깜짝 놀랐다.

어째서, 어째서. 어째서 고작 달걀말이를 제대로 굽지 못하는 걸까.

어릴 때부터 열심히 공부했고, 대학생이 돼서는 열심히 취업 활동을 했고, 회사에 들어가서는 열심히 일해서 줄곧 잘한다, 잘한다, 칭찬만 들어왔는데.

어쩔 수 없다. 나는 줄곧 도망쳐왔다. 너무 싫은 집안일과 자신 없는 육아를 테루야에게 전부 맡기고 일로 도망쳤다. 다들 아무렇지도 않게 잘하는 일을 하지 못한다는 콤플렉스에서 도망쳤다.

일이라면 얼마든지 할 수 있다. 클라이언트 이름과 얼굴은 한 번 만나면 절대로 잊지 않고, 아무리 대기업의 중역을 만나도 긴장하지 않고 당당하게 의견을 말할 수 있다. 모두를 깜짝 놀라게 할 기획을 내는 것도, 많은 사람 앞에서 프레젠테이션하는 것도, 부하의 실수를 해결해주는 것도 나는 누구보다 잘해낼 자신이 있다.

하지만 내게는 학부모 친구가 하나도 없다. 다쿠미 친구들 엄마의 무리가 무섭다. 유치원 선생님 이름조차 헷갈린다. 사과를 깎으면 너무 두껍게 깎아서 먹을 게 없어지고, 쓰레기는 일반 쓰레기밖에 생각나지 않고, 빨래를 종이접기처럼 반듯하게 개는 어려운 재주도 부리지 못한다.

지금까지는 유일하게 가계를 지탱하고 있다는 자부심이 있었다. 그런데 이제 이마저 나를 안심시켜주지 못한다. 테루야가 디 트레이드에서 얼마나 수입이 생기는지 모르겠지만, 내 수입이 없다고 해도 아마 괜찮을 것이다. 테루야에게, 다쿠미에게, 내가 이 집에 있는 의미가 뭘까.

어떡하지, 테루야의 그림이 잘 팔리면. 어떡하지, 집에 있으나마나한 존재가 되면. 그림 따위 팔리지 않기를. 아무한테도 인정받지 못하기를. 줄곧 나와 다쿠미 옆에 있어주기를.

눈물이 주르륵 흐른 순간, 스마트폰이 울렸다. 화면을 보니 테루야였다.

"아빠니까 받아봐."

나는 다쿠미에게 스마트폰을 건넸다. 다쿠미는 신나게 전화를 받았다.

여보세요, 아빠! 응, 응, 맞아, 햄버거 먹었어. 멍하니 다쿠미의 목소리를 들으면서 움직이던 젓가락이 다음 말에서 멈추었다.

"대박이야. 엄마, 요리하고 있어. 있잖아, 유채꽃밭 같아. 엄청 예쁘고 맛있어 보여."

깜짝 놀라서 얼굴을 들었다. 유채꽃밭? 연두색 접시를 사용해서 다쿠미에게는 그런 이미지로 보였을지도 모른다. 너덜너덜한 달걀들이 갑자기 칭찬을 듣고 미소 짓는 것처럼 보였다.

다쿠미는 "엄마, 아빠가 바꿔달래." 하고 스마트폰을 내밀었다.

"아사미? 대단하네, 뭐 만드는 거야?"

테루야의 다정한 목소리에 나는 참지 못하고 한숨을 흘렸다. 다쿠미에게 들리지 않도록 구석방으로 가서 작은 목소리로 흐느끼면서 말했다.

"달걀말이……도시락에 넣을. 도대체 잘 되질 않아. 모양도 잡히지 않고, 다 으스러지고."

"내일 도시락 때문에 연습하는 거야? 달걀말이 아니어도 되잖아, 스크램블도 되고 삶은 달걀도 되고."

"안 돼! 달걀말이여야 해. 작년에 유치원에서 받은 다쿠미 생일 카드에 좋아하는 음식은 달걀말이라고 쓰여 있었잖아. 달걀말이가 아니면 실망할 거야."

"하지 않을 거야, 실망."

"해! 한다고. 책대로 했는데 어째서 안 되는 걸까? 달걀말이도 못 만드는 못난 엄마라니, 다쿠미 너무 불쌍해."

"아사미."

테루야가 단호히 나를 제어했다. 화가 났나 하고, 나는 움츠렸다. 하지만 테루야는 온화하게 말했다.

"어느 프라이팬 썼어?"

"응? 벽에 걸려 있는 빨갛고 동그란……."

"그거, 오래돼서 코팅 다 벗겨져서 달걀이 들러붙잖아. 보이지 않아서 못 찾을 것 같은데, 달걀말이용 사각 프라이팬이 있어. 새로 산 지 얼마 안 돼서 잘 될 거야. 싱크대 아래 문 열어봐. 파란색 손잡이야."

시키는 대로 주방으로 돌아가서 문을 열어보니 있었다. 자그마하고 네모난 프라이팬. 책에도 이런 것이 실려 있었지만, 나는 촬영용으로 프로들이 사용하는 건 줄 알았다.

"우선 프라이팬을 달궈봐. 달걀물을 부었을 때 쉬리릭 소리가 날 정도로. 간은 소금 한 꼬집이면 돼. 기름은 약간, 직접 붓는 게 아니고 키친타월에 배게 해서 닦아. 아마 뒤집는 타이밍이 조금 빨랐을 거야. 기다리고 있을 테니 한 번 해봐."

나는 일단 스마트폰을 식기 선반 끝에 세워두고 테루야의 지시대로 따라 했다. 네모난 프라이팬은 가볍고 다루기 쉬워서 믿을 수 없을 정도로 깨끗한 달걀말이가 탄생했다. 모서리에 맞춰서 달걀을 누르니 모양을 만들기도 쉽다. 백점이라고 할 수는 없지만, 그럭저럭 합격이었다.

"뭐, 뭔가, 된 것 같아."

"그렇지?"

네모난 프라이팬은 달걀말이를 접시에 옮기고 난 뒤에도 반들반들, 달걀이 전혀 묻지 않았다.

"프라이팬 정말 우수하네. 동그란 건 전혀 말을 듣지 않던데."

"아냐, 동그란 것도 우수해. 깊고 묵직해서 사용하기가 아주 편해. 볶음이나 마파두부 만들 때는 그게 최고야. 파스타도 삶을 수 있고. 아무리 새것이고 쓰기 편리해도 달걀말이 팬에 중화요리는 맡길 수 없지. 맞는 도구가 있는 거야."

맞는 도구. 그 말에 왠지 모르게 나 자신이 위로받는 기분이 들었다. 열심히 노력해준 크고 동그란 프라이팬을 나는 살며시 어루만졌다. 테루야한테 말하길 잘했다. 고마워, 라고 하려는데 내가 한발 늦었다.

"잘했어. 멋진 엄마야, 전혀 못난 엄마 아냐. 그렇게 성실하고 순수한 아사미가 좋아."

좀 전에 뻥 뚫린 구멍이 서서히 메워져갔다. 테루야의 그 말이 내가 있을 곳을 만들어주는 기분이 들었다.

나는 천천히 말했다.

"당신 그림, 많은 사람이 봐주면 좋겠다."

집안일도 잘하도록 조금씩 노력해볼게. 그런 말도 떠올랐지만, 오늘은 가슴에 묻어두기로 했다. 일단은 내일 아침, 유치원에서 보더 소에지마 씨를 만나면 내가 먼저 '안녕하세요' 하고 인사하자.

어느새 주방에 들어온 다쿠미가 "이거 먹어도 돼?" 하고 물었다. 내 허리쯤에서 찰랑찰랑하고 동그란 머리의 큐티클이 반짝거린다. 실패한 달걀말이를 가리키는 그 작은 손은 유채꽃밭에 앉은 배추흰나비 같았다.

3

자라나는 우리

Pink/Tokyo

"에나 선생님, 손 보여줘요."

모에카가 재촉해서 나는 살짝 주저했다. 부리부리한 눈이 나를 올려다보고 있다. 엄마 모습이 사라진 순간, 모에카는 더 기다릴 수 없다는 듯이 나를 향해 달려왔다.

"자, 손."

내가 손을 내밀자 모에카의 얼굴에는 실망한 표정이 번졌다.

"핑크, 이제 칠하지 않아요?"

나는 미소를 지어 보였다.

"응, 이제 칠하지 않아."

"왜요?"

안 된다고 해서.

그 말을 삼키고 나는 모에카의 손을 잡았다.

"저기 가서 그림책 읽을까?"

모에카는 끄덕였지만, 이해하지 못했을 것이다. 허공에 떠 있던 '왜요?'가 붕붕 떠다니면서 내게 휘감겼다.

지난주 화요일의 일이다.

9월의 3일 연휴에 중학교 동창회가 있어서 오랜만에 바른 네일 지우는 걸 깜빡하고 출근하고 말았다. 2년제 대학 졸업 후, 유치원 교사로 들어온 지 1년 반이 된다. 조금쯤 방심했을지도 모른다.

네일 금지라는 규칙은 없다. 하지만 그건 암묵의 룰이어서 네일은 물론 화장도 하지 않는 선생님도 있다.

네일 색은 핑크였다. 그리 화려한 색은 아니다. 손톱은 짧게 깎았고, 스톤이나 라메도 붙이지 않아서 벗겨져 식사에 들어가거나 아이들을 할퀴는 일도 없다. 안전하다. 오늘만 슬쩍 얼버무리고 지내자. 되도록 선생님이나 원아의 눈에 띄지 않도록 조심하면서 오전을 무사히 보냈다.

점심시간이었다. 내가 우유가 든 컵을 나눠주고 있을 때, 모에카가 "와아" 하고 소리를 질렀다.

"에나 선생님, 손 예뻐요."

깜짝 놀라서 손을 빼려고 했지만 그럴 수도 없다. 나눠줘야 하는 우유 컵이 아직 쟁반에 있다. 다른 선생님에게 들리지 않은 걸 확인한 나는 "고마워." 하고 조그맣게 말하며 웃고는, 얼른 컵을 테이블에 놓았다.

모에카 옆에 앉아 있던 버섯머리 다쿠미가 의기양양하게 말했다.

"우리 엄마도 해. 손톱에 그림 그려주는 가게 있어."

맞은편에 앉은 루루도 몸을 내밀고 내 손가락을 뚫어지게 보았다. 루루의 야무지게 묶은 양 갈래 머리끝이 우유에 들어갈 것 같아서 나는 컵을 옆으로 치워주었다.

"에나 선생님도 가게에서 했어요?"

루루가 내 손가락을 잡았다. 이렇게 된 이상 도망칠 수 없었다.

"아니, 집에서 선생님이 했어."

"혼자 할 수 있어요?"

"할 수 있지, 간단해."

나는 컵을 다 나눠주고 경련이 이는 웃는 얼굴로 물러났다.

돌아올 무렵, 모에카가 주뼛주뼛 다가와서 속삭이듯이 말했다.

"에나 선생님, 내일도 손 보여주세요."

　　　　　　　자라나는 우리　　　　　　　Pink/Tokyo

수줍어하면서 나를 올려다보는 모에카의 손을 보고 나는 '앗' 하고 소릴 지를 뻔했으나 가까스로 삼켰다.

"……그래, 내일도."

다음날도, 그다음 날도, 나는 네일을 한 채 출근했다.

"사무실로 좀 와."

아이들이 다 돌아간 뒤 정리를 하고 있는데 야스코 선생님이 내 귓가에 대고 불쑥 말했다. 금요일 초저녁 무렵 일이다. 동료 몇 명에게 걱정과 호기심 어린 시선을 받으면서 나는 야스코 선생님 뒤를 따라갔다.

야스코 선생님은 근속 15년의 베테랑으로 '화장하지 않는 선생님'이다. 눈썹조차 그리지 않는다. 이목구비가 반듯해서 화장하면 꽤 미인일 텐데. 하지만 그에게는 쓸데없는 오지랖일 것이다. 언제나 고압적인 데다, 어째선지 나는 처음부터 그에게 미움을 받고 있다고 느꼈다. 사무실에 두 사람만 남자, 야스코 선생님은 문을 닫더니 말했다.

"에나 선생, 손, 내밀어봐."

서론도 없이 첫마디가 그거였다. 시키는 대로 오른손을 내밀자, 야스코 선생님은 거칠게 내 손가락을 잡았다.

"무슨 생각인 거야, 네일을 바르고 다니고!"

그렇게 내뱉더니 이번에는 더러운 것을 버리기라도 하듯이 내 손을 치웠다.

"소에지마 루루 어머니한테 항의가 들어왔어. 에나 선생 때문에 루루가 손톱에 매직을 칠해서 난감하다고. 에나 선생, 아이들한테 가게에 가지 않아도 간단히 칠할 수 있다고 말했다면서? 왜 그런 선동을 한 거야?"

그러고 보니 아까 루루의 어머니와 스쳐 지났다. 내가 인사를 했더니 고개를 획 돌렸지. 그가 자주 입는 보더 셔츠 뒷모습을 떠올렸다.

"선동한 건……."

"변명하지 마. 다른 엄마들도 눈치 채고 있어. 에나 선생뿐만 아니라 우리 유치원 이미지가 나빠지는 거라고."

나는 어금니를 악물었다. 그런 식으로 무조건 내가 나쁘다고 단정하니 아무 말도 할 수 없다. 잠자코 있었더니, 야스코 선생님은 멋대로 얘기를 계속했다.

"일 끝나고 남자친구랑 데이트 있어서 멋을 내고 싶은 모양인데, 일은 일, 사생활은 사생활, 딱딱 구분하지 않으면 안 돼."

아니다. 전혀 아니다, 아니라고요. 부정하려다가 관두었다. 야스코 선생님은 늘 자신이 정답이라고 생각한다. 얘기해봐야 소용없을 것 같았다. 나도 나름대로 열심히 일하고

자라나는 우리 Pink/Tokyo

있다. 하지만 내가 왜 네일을 지우지 않았는지 그 이유를
어떻게 설명해야 좋을지 몰랐다. 그리고 그게 정답이라는
자신도 없었다.

"어쨌든 네일은 지워."

"……알겠습니다."

간신히 그렇게만 말하고 나는 주먹을 꽉 쥐었다. 핑크
손톱을 숨기듯이.

그날 밤, 솜에 제거액을 적시는데 사촌 언니 마코가 생각
났다. 나보다 훨씬 연상인 마코 언니는 어릴 때부터 내 우
상이었다. 귀엽고 총명했다. 머리 묶는 법이나 스툴을 감는
법, 그리고 네일 바르는 법도 모두 마코 언니에게 배웠다.

고등학교 시절, 호주의 대도시 시드니에 유학을 다녀온
마코 언니는 대학에서 교육학을 전공하고 지금은 영어 회
화 학원 강사를 하고 있다.

어째서 학교 선생님이 아니고 영어 회화 학원인지 그 이
유를 마코 언니가 얘기해준 적이 있다.

"돈을 내면서까지 한 번 더 영어를 공부해서 영어로 얘
기해보고 싶다고 생각하는 사람들을 만나고 싶어서. 시험
점수 때문에 수업을 하는 게 아니라 뭔가를 얻고자 하는
열의를 접하고 싶었어."

내가 2년제 대학에서 유아교육을 선택한 것도 마코 언니의 영향이었다. 선생님이라고 불리는 일을 해보고 싶었다. 하지만 공통된 것은 그것뿐으로 나는 딱 부러진 이유도 없이 이 길을 선택했다. 아이들이 귀여워, 하는 그 정도.

네일을 전부 지우고, 침대에 누워서 스마트폰을 들었다.

즐겨찾기를 해둔 'CANVAS' 공식 사이트를 연다. CANVAS는 시드니에서 발행되는 일본인 대상 무가지다. 레스토랑 가이드나 이벤트 정보, 현지 구인 광고 등이 실린다. 마코 언니는 유학 중에 CANVAS의 취재를 받아 편집자와 친해졌고, 그것이 계기가 되어 지금도 가끔 본지 사이트에 기고한다.

무가지는 시드니에서만 손에 넣을 수 있지만, 사이트의 기사는 일본에서도 읽을 수 있어서 나는 곧잘 체크하고 있다.

별생각 없이 랜덤으로 여러 코너를 들여다보았다. 네일을 지워서 투명해진 손톱이 상하로 움직였다. '워킹 홀리데이 체험기' 기사가 나와서 손가락을 멈추었다.

워킹 홀리데이라면 들은 적이 있다. 여행은 물론 학교에 가기도 하고 일도 할 수 있다. 1년 정도 살 수 있는 비자일 것이다. 직장 선배가 20대 마지막 해에 "기리홀리 갈 거야." 하고 퇴사했었지. 기리홀리란 나이 제한이 기리기리

(간당간당하다는 뜻의 일본어―옮긴이)한 워킹 홀리데이를 의미했을 것이다. 그렇다면 나는 아직 한참 기회가 있다.

검색 사이트에서 '호주 워킹 홀리데이'를 친 뒤, 줄줄이 뜨는 정보를 한참 동안 읽었다.

워킹홀리데이 비자 신청 가능 연령은 만 18세부터 30세, 신청비 약 4만 엔, 현지에서 생활하기 위한 자금 45만 엔 정도 갖고 있을 것, 건강할 것이 조건이었다. 나머지는 여권과 신분증 있으면 인터넷으로 수속이 가능했다. 시험도 없고 호주 대사관에 갈 필요도 없다. 뭐야, 꽤 쉽게 갈 수 있네.

호주 사람과 어깨동무를 하고, 다이빙을 하고, 양털을 깎는 일본인 사진이 잔뜩 올라와 있다. 호주는 치안도 좋고 일본에 호의적인 가정도 많다고 한다. 해외 생활은 마코 언니처럼 영어를 잘하고 자립심 강한 사람이나 하는 거로 생각했는데, 의외로 어려운 일 아닐 것 같은 기분이 들었다.

'……좀 괜찮은걸?'

박봉에, 선배한테 혼나고, 원아 어머니에 항의 듣고, 네일도 못하는 지금 생활보다 훨씬 낫지 않아? 호주에서 뭔가. 뭔가는 지금 당장 떠오르지 않지만, 분명히 있을 것이다. 여기서는 할 수 없는 일을 호주에 가면 분명히 할 수 있을 것이다. 나는 아직 젊고 건강하고 별로 낯도 가리지 않는다. 그쪽에서 잘생긴 호주 남자친구가 생길지도 모른다. 호주에 사는 이유 따위 가서 생각하면 되지, 뭐. 영어를 유창하게 하게 되면 귀국해서 외국계 기업에 취업하든가. 통역이나 매입 바이어도 멋있지. 그 정도라면 지금부터 열심히 하면 실현되지 않을까?

그만두자, 유치원.
가볼까, 호주.

원장님에게 모에카가 유치원을 그만둔다는 말을 들은 것은 10월도 중순이 됐을 무렵이었다.

아빠의 갑작스러운 전근으로 다음 주에 이사를 간다고 한다.

"에나 선생님."

아이를 데리러 온 모에카 어머니가 불렀다. 평소 말수가 적은 그가 내게 말을 건 것은 처음이다.

"모에카가 신세를 많이 졌습니다."

"……모에카, 이사 간다면서요?"

"네에."

아주 잠깐 침묵이 흘러 뭔가 말을 해야 한다고 생각했을 때 모에카 어머니가 입을 열었다.

"에나 선생님. 모에카가요, 손톱 물어뜯는 버릇을 고쳤어요."

모에카 어머니가 평온한 미소를 지으며 말했다.

"그 아이, 전에는 늘 손톱을 물어뜯었어요, 심할 때는 피가 날 정도로…… 고민이었어요. 육아 책에는 못하게 야단치면 안 된다, 애정 결핍이 원인이다, 쓰여 있는데. 이렇게 아끼고 사랑하는데 어째서 전부 나만 나무랄까 싶기도 했어요."

"……."

"한 달쯤 전, 에나 선생님 손톱은 예쁜 핑크야, 하고 기쁜 듯이 얘기하더라고요. 모에카도 그렇게 예쁜 손톱이 되고 싶다고. 그래서 이제 손톱을 물어뜯지 않겠다고 자기가 먼저 말하더군요. 삐뚤빼뚤하고 자랄 틈도 없던 손톱이 지금은 가지런해졌어요."

모에카 어머니의 목소리가 떨렸다. 나도 가슴이 벅차 눈물이 쏟아질 것 같았다. 아, 다행이다. 내 바람은 통했다. 내가 마코 언니를 동경했듯이 모에카가 내 핑크 네일을 멋있다고 느낀다면 손톱을 물어뜯지 않을지도 모른다고 생각했다.

"감사합니다."

정중하게 인사하는 모에카 어머니에게 나는 버벅거리며 말했다.

"근데 제가 바로 네일을 지워서 모에카가 실망하지 않았나 모르겠어요."

어머니는 몸을 일으켰다.

"아니에요. 모에카가 예쁘다고 한 것은 네일을 지운 뒤의 손톱이랍니다."

"네?"

"야스코 선생님께 듣지 못하셨어요?"

듣지 못했다, 아무것도. 야스코 선생님 이름이 나오는 것 자체가 예상 밖이었다.

"처음에는 네일이 예쁘다고 생각했나 봐요. 그게 손톱에 관심을 가진 계기가 된 건 확실해요. 하지만 에나 선생님이 네일을 지운 뒤, 야스코 선생님이 아이들에게 말씀하셨대요. 에나 선생님 손톱 예쁘죠, 하고. 많이 웃고, 많이 먹고, 뭐든 즐겁게 노력하다 보면 에나 선생님처럼 예쁜 손톱이 돼요. 어른 되면 예쁜 색 발라서 멋내고 싶죠? 건강한 손톱이라면 더 멋져요, 하고"

'……야스코 선생님이 그런 말을?'

깜짝 놀라서 아무 말도 할 수 없었다. 모에카 어머니는 자기 손을 가만히 들여다보았다.

"손톱은 건강의 바로미터인데 말이죠. 저도 한동안 제 손톱을 본 적이 없어요. 남편은 바빠서 거의 집에 없으니 독박육아 하는 것 같고……. 너무 예민했던 거 같아요. 전근 가는 곳에서는 가족이 함께 지낼 수 있을 거예요. 저도 아이랑 예쁜 핑크 손톱이 되도록, 건강하게 웃는 얼굴로 지내고 싶어요."

모에카 어머니가 웃을 때의 눈매는 모에카와 똑 닮았다.

엄-마, 하는 밝은 목소리와 함께 모에카가 이쪽으로 달려오는 것이 보였다.

"쓸쓸하네, 헤어지는 건."

돌아보니 언제 왔는지 야스코 선생님이 있어서 나는 '꺅!' 하고 화들짝 놀랐다. 길에서 뱀을 만난 것처럼 놀라는 나를 보며 야스코 선생님이 미간을 찡그렸다.

"그렇게 놀랄 것까지야. 인사하려고 아까부터 옆에 있었는데 나설 분위기가 아니었다고."

야스코 선생님은 뭔가 아쉬운 듯이 고개를 돌려 문을 향해 걸어가는 모에카 모녀를 바라보았다.

나는 "저기……" 하고 말을 꺼냈지만, 그걸 덮듯이 야스코 선생님이 먼저 말했다.

"에나 선생을 감싸주려 한 건 아니야. 뭐, 하지만……."

야스코 선생님은 그제야 내 얼굴을 보았다.

"열심히 하는 건 사실이잖아."

야스코 선생님이 평소와 달리 온화하게 말해서 나는 당황했다. 어쩌면 의외로 나를 귀여워해주었는지도 모른다. 그렇게 생각하니 가슴이 찡했다. 그런 나를 흘끗 보더니 야스코 선생님은 센 어조로 말했다.

"하여간에. 설명을 제대로 해주면 나도 그렇게 나무라지 않았을 거 아냐. 통통 부은 얼굴로 잠자코 있지 말고 제대로 말을 해주면 좋았을걸."

언제나처럼 매섭게 말하지만, 위압적으로 느껴지진 않았다. 야스코 선생님이 아니라 내가 받아들이는 방법이 달라져서란 걸 깨달았다.

"어떻게 설명해야 좋을지 잘 몰랐어요. 루루 어머니가 화를 내신 것도 당연하다고 생각했고."

내가 간신히 대답하자, 야스코 선생님은 진지한 표정으로 말했다.

"몰라도 얘기해주길 바라. 나도 경험이 있어. 당신만 할 때, 색깔 있는 립크림을 발랐는데 말이지. 립스틱이라고 할 정도도 아니었는데 아이들 안아주다 셔츠에 묻은 거야. 남자아이였는데, 그 아이 어머니한테 엄청나게 욕 먹었어."

"세상에……"

"아냐, 내가 잘못했지. 그래서 되도록 몸에 색을 칠하지 않기로 한 거야. 한편으로 화장 좀 하는 게 어른다운 거 아니냐고 하는 어머니들도 있었지. 다들 생각이 다르니까. 에나 선생의 네일도 모에카의 손톱 물어뜯기 버릇을 고치는 데 한몫한 건 틀림없어. 하지만 반드시 좋은 방향으로 간다는 보장이 없잖아. 학부모가 어떻게 받아들여줄지 몰라. 소중한 아이들에게 무엇이 좋을지는 우리가 그때그때 피부로 느끼는 수밖에 없어."

나는 끄덕였다. 신기할 만큼 마음이 차분해졌다.

하나하나가 라이브다. 시행착오를 하고, 몸으로 부딪치며 맞는지 어떤지 모르는 정답을 계속 찾아간다. 날마다 쑥쑥 소리가 날 듯이 자라는 아이들. 한 사람 한 사람과 마주하면서 아마 나도 자라고 있을 것이다.

"어렵네요. 아주 중요한 거지만……. 그러나 보람이란 이런 거란 걸 알 것 같아요."

내 말에 야스코 선생님은 "이런, 건방지네." 하고 장난스럽게 말했다.

"나, 에나 선생이 마음에 들어서 좀 엄하게 했을지도 몰라. 에나 선생, 나 젊을 때를 닮았다니까."

"네엣?"

나는 반사적으로 몸을 젖혔다.

"뭘 그렇게 싫어해!"

"싫어하지 않았어요!"

우리는 함께 웃었다. 그런 일은 처음이었지만, 사실은 나도 한참 전부터 야스코 선생님과 이런 식으로 얘기하고 싶었던 것 같다.

아아, 찾았어, 하고 나는 생각했다.

지금은 일을 그만둘 수 없다. 이곳에서 좀 더 분발해보자. 이렇게 기쁘잖아. 모에카가 예쁜 손이 되고 싶다고 생각해준 것도, 모에카 어머니가 그렇게 편안한 얼굴로 웃는 것도, 그리고 야스코 선생님을 가까이에서 느끼는 것도.

내가 하고 싶은 것은 아직 이 유치원에 많이 있다. 그것이 내가 이곳에 있는 '이유'다.

야스코 선생님과 나란히, 돌아가는 아이들을 배웅했다. 내일 또 보자, 건강하게 만나자. 모에카가 유치원 문 앞에서 획 뒤로 돌더니 우리를 향해 크게 손을 흔들어주었다.

성자의 직진

Blue/Tokyo

썸싱포(something four)라는 것 알아?

찻잔 테두리를 손가락으로 더듬으면서 리사가 말했다.
예전에는 '맛집 투어'라고 해서 둘이 이곳저곳 맛집을 찾
아다녔지만, 다음 달에 결혼식을 앞둔 리사는 다이어트 중
인 것 같다. 12월의 웨딩 업계는 비수기여서 비용이 조금
싸다고 한다.

오랜만에 만나는 건데 저녁에 술도 아니고 점심도 아니
고, 대낮에 차를 마시자고 했다. 리사를 따라 온 마블 카페
는 직장인 유치원에서 강을 사이에 두고 맞은편에 있다.
벚나무 가로수에 가려져서 지금까지 몰랐지만, 구석구석
잘 꾸며놓은 화사한 가게였다. 벽에는 최근 화제인 아티스

트가 그린 트릭아트가 걸려 있다. 젊은 웨이터는 민첩하게 일하면서 이따금 우리에게 온화한 눈길을 보냈다.

나는 카페오레를 한 모금 마시고 리사의 질문에 간단히 대답했다.

"썸싱포라면 알지. 마더구스잖아."

리사는 "어머, 그래?" 하고 놀랐다. 자기가 먼저 말했으면서.

썸싱포.

오래된 것, 새로운 것, 빌린 것, 파란 것. 결혼식에서 신부가 지니면 행복해진다는 전설. 마더구스 노래에서 유래했다. 노래에는 '구두 속에 은색 6펜스 동전'도 있지만, 그건 생략될 때가 많다.

"과연, 야스코. 유치원 선생님답다. 얼, 야스코 선생님!"

리사는 놀렸지만, 나는 아무 말도 하지 않고 창밖을 보았다.

고등학생 때부터 사이가 좋아서.

뭐든 얘기할 수 있어서.

여러 가지를 공유해서.

'남자친구 없는 역사'까지 비슷해서.

둘이 서른 살의 크리스마스를 맞이할 때, 리사는 "예순 살이 돼도 서로 독신이면 같이 살자"라고 했다. 나는 "싫지만 어쩔 수 없지." 하고 웃으면서 대답했다. 물론 둘 다 멋지게 반려자를 찾는 것이 가장 좋다. 그건 싱글끼리 곧잘 하는 사소한 농담이었고, '약속'이라고 할 만큼 무거운 것이 아니란 건 알고 있다. 하지만 나는 진심으로 그것도 괜찮네, 라고 생각했다. 그 후로 6년이 지났다.

2년 전, 캐주얼한 이탈리안 레스토랑에서 사귀는 사람이 있다고 리사에게 들었다. 결혼을 생각하고 있다고. 나는 속으로 '젠장'이라고 생각했다. 서른네 살, 2차 결혼 열풍 무렵이었다.

고등학교 시절, 둘 다 젬병인 마라톤 대회에서 "같이 뛰자"라고 해놓고 종반이 되자 성큼성큼 앞으로 먼저 가던 리사가 떠올랐다. 하지만 뭐, 그런 건 신경 쓰지 않는다. 마라톤 대회 따위 내 인생에서 별 가치 없다. 다만 '리사는 이런 애구나' 하고 어이없었던 기억은 남아 있다.

리사의 입에서 '결혼'이라는 말을 들었을 때, 그 마라톤 대회에서 멀어져가던 리사의 뒷모습이 뇌리를 스쳤지만, "잘됐네." 정도의 말을 할 수는 있었다. 어쨌든 축하할 일이니까. 여기서 웃는 얼굴을 보이지 않으면 리사도 나도 불쌍하다.

하지만 "그 사람, 이혼 조정 중이야." 하고 리사가 고개를 숙인 순간, 애써 만든 미소가 단숨에 지워졌다.

"부인하고는 나랑 만나기 전부터 별거하고 있어서……." 하는 리사의 얘기를 가로막고, 나는 단칼에 반대했다.

"안 돼, 안 돼. 하지 마, 그런 남자. 절대로 말만 그래, 어차피 이혼하지 않을 거야. 벌써 30대 중반이 돼가는데 무슨 짓을 하는 거야."

마구 다그치자 리사가 불쑥 내뱉었다.

"네가 뭘 알아."

나는 말문이 막혔다. 리사에 관해서는 뭐든 잘 안다고 생각했다. 나에 관해서도 리사는 잘 안다고 생각했다.

옆 테이블에서 접시에 포크 닿는 소리가 달그락달그락 울렸다. 리사는 내게서 시선을 피하며 말을 계속했다.

"야스코는 좋겠다. 직업이 있어서. 좋아하는 일을 하고 있어서. 유치원 선생님은 이미지도 좋고 나이를 먹으면 먹을수록 신뢰받지 않니. 나는 파견직인걸. 이렇다 할 특기도 자격도 없고, 인제 잘릴지 조마조마하면서 살고 있어."

이런 말을 하는 사람들이 지금까지 몇 명이나 있었다.

자격증 있어서 좋겠네. 굶을 걱정은 없겠네. 아이들하고 놀며 돈 벌어서 좋겠네. 웃기지 마라, 진짜. 내가 유치원에서 노래하고 피아노 치며 즐겁게 놀다가 아이들이 돌아가면 그걸로 업무 종료라고 생각하면 큰 오산이다. 좀처럼 믿어주지 않지만, 집에 갖고 와서 밤샘해야 하는 일도 있고, 신입이 들어와도 젊은 아이들은 금세 때려치우고, 원아보다 학부모의 항의와 세세한 주문에 대응하는 게 얼마나 힘이 드는지.

지금까지 내가 그런 불평을 쏟아놓은 것은 리사뿐이었다. 그런데 리사조차 그런 소리를 하다니 의외였다. 리사가 불만으로 생각하는 '파견직'도 삼촌 연줄로 들어갔으면서. 나는 제대로 공부해서 취업 활동을 하고 내 힘으로 이 일을 얻었다. '야스코는 좋겠다'라고 가볍게 말하지 마라. 화가 나는 김에 나는 리사를 다그쳤다.

"자격 같은 건 따면 되는 거야. 너도 지금부터 공부해서 직업을 가지면 되잖아. 결혼으로 도망치는 건 너무 물러터진 거야."

"그런 게 아니라…… 나, 그 사람을."

"이혼 조정 중이라면 아직 유부남이잖아. 그거 불륜 아니니? 결혼을 미끼로 사기 치는 것 아냐?"

리사는 말없이 있더니 잠시 후 허탈하게 웃었다.

성자의 직진 Blue/Tokyo

"역시 너는 모를 줄 알았어."

나는 "그래." 하고 대답하고, 더 말하지 않았다.

나는 모르고, 알고 싶지도 않아. 그렇게 생각했다. 리사도 나를 모르잖아. 나도 이런저런 일이 있는데.

그 후로 서먹해져서 연락하지 않게 됐다.

이탈리안 레스토랑에서 싸우고 헤어진 지 1년이 지났을 무렵, 리사에게 온 연하장에 '그 사람 이혼했어'라고 가볍게 쓰여 있었다. 설마, 하는 것이 나의 솔직한 감상이었다. 절대로 잘될 리가 없다고 생각했기 때문이다. 그런 식으로 단언한 이상, 내가 연락하기도 뭣해서 방치했다. 신경 쓰이긴 했지만, 그 사람이 이혼해서 잘됐네, 라고 하는 것도 웃기다.

그리고 10월에 들어서서 리사에게 "결혼하기로 했어." 하는 전화를 받고, 어영부영 화해했다. 얼마 후, 피로연 초대장이 와서 참석한다고 답장을 보냈더니 리사에게 메일이 왔다. 그리고 오늘 이렇게 마주 앉아서 차를 마시고 있다. 얼룩 하나 없이 잘 닦은 카페의 창으로 낙엽이 팔랑팔랑 날리는 것이 보였다.

"썸싱포 중에 세 가지는 준비할 수 있을 것 같아. 오래된

것은 엄마의 진주 목걸이, 새것은 레이스 손수건, 빌린 것
은 언니가 결혼식 때 사용한 긴 장갑. 나머지 하나, 파란 것
을 정하지 못해서."

파란 것. 온통 흰색의 웨딩드레스에 파란 아이템은 상상
하기 어렵긴 하다. 메리지 블루라도 가슴에 품으면 되잖아,
하는 악담을 떠올리는 나를 나무랐다. 나의 추한 속내는
모르고 리사는 살짝 몸을 기울이며 목소리를 낮추었다.

"보이지 않는 곳에 입는 게 좋은 것 같아. 외국에서는 가
터벨트에 파란 리본을 장식하는 것이 대세라고 하지만 말
이야."

"가터벨트?"

"응. 그렇지만 나, 가터벨트 같은 건 실제로 본 적도 없
어."

리사는 뺨을 붉혔다. 야한 상품도 아닌데 이런 순진함이
리사답다.

"도전해보면 되지, 첫 가터벨트."

내가 웃자, 리사는 과장스럽게 손을 저었다.

"싫어. 나 원래 파란색도 좋아하지 않고. 뭔가 차가운 느
낌이어서."

"그래? 난 좋아하는데. 도덕적이고 성실한 분위기."

"야스코답구나."

리사는 후유 하고 한숨을 쉬었다. 이상한 침묵이 생겨서 나는 뜨끔했다. 두 사람 다 노골적으로 그날 싸운 일을 떠올리고 있다. 한동안 우리는 눈을 마주치지 않고 침묵했다. 나는 어쩔 줄 몰라서 카페오레를 마저 마시고, 물이 든 컵까지 비웠다.

침묵을 먼저 깬 것은 리사 쪽이다.

천천히 홍차를 마신 뒤, 리사가 조용히 말했다.

"전에 말이야, 나, '네가 뭘 알아'라고 한 적 있잖아."

"응."

"그때는 비굴한 표현 써서 미안해. 줄곧 마음에 걸렸어."

"……아냐."

"나, 항상 너는 대단하다고 생각했어. 고등학교 때부터 너는 언제나 하고 싶은 것이 확실하고, 선택한 길을 곧장 걸어갔잖아. 나는 망설이기만 하고, 멀리 돌아가거나 삼천포로 빠지고……. 나는 없었어. 뭔가를 갈망하거나 가슴이 뜨거워지는 일. 머리가 나빠서 잘 표현하지 못하겠지만, 그거 내가 정할 수 있는 게 아니더라고. 이걸 하고 싶다, 이게 갖고 싶다, 이렇게 되고 싶다, 하는 건 뭐랄까. 우주의 바람 같아."

나는 놀랐다. 이렇게 강한 어조로 길게 말하는 리사를

처음 보았다. 카운터에서 스포츠신문을 펼치고 있던 남성 손님이 우리 쪽을 흘끗 보았다. 목소리가 크다고 말해주는 것도 주저될 만큼 리사는 열에 떠 있다.

"하지만 나 말이야. 그 사람을 만나서 처음으로 이 사람이 갖고 싶다고 간절히 바랐어. 그래, 도덕에 반할지도 몰라. 그래도 어떻하든 이 사람과 결혼하고 싶다고 생각했어. 다른 사람으로는 안 됐어."

리사의 눈이 반짝거렸다. 우주의 바람인가 뭔가에 지배당하는 것 같았다. 무슨 소린지 딱히 와 닿지 않았다. 자기가 갖고 싶다고 생각한 것이 갖고 싶은 것 아닌가.

"근데 있지, 욕심이란 거 굉장하더라. 욕심이 욕심을 부르는 거야. 그의 아내가 되고 싶다고, 단지 그것만을 바라 왔는데 그게 이루어지니까 이번에는……."

리사는 조금 주저한 뒤, 조그맣게, 그러나 또렷하게 말했다.

"나, 엄마가 되고 싶어."

너무 욕심이 많지, 하고 리사는 어깨를 으쓱했다.

"내가 이렇게 욕심이 많은 사람인 줄 몰랐어. 좀, 무서워."

어떻게 대답해야 좋을지 말을 찾고 있는데, 스마트폰 진동 소리가 났다. 리사는 가방에 손을 넣었다.

"히로유키 씨네. 잠깐 미안."

리사는 자리에서 일어나 스마트폰을 들고 가게 밖으로 나갔다. 우두커니 남겨진 나는 뭔가 어이가 없었다. 히로유키 씨란 약혼자군.

리사는 옛날부터 이랬다. 언제나 고민하고 있습니다, 하는 얼굴을 하고 결국 좋은 것을 챙긴다. 나와 정반대인 성격. 어째서 나는 리사와 절친이 됐을까. 아니, 절친이긴 했나, 우리. 어째서 친해졌더라. 어째서 늘 함께 있었더라. 나는 리사의 어떤 점을 좋아했더라?

나라면 이럴 때 친구 혼자 두고 전화 받으러 나가지 않는다.

"기다리게 하지 말라고, 빌어먹을."

작은 소리로 중얼거렸더니 등뒤에서 "시, 실례했습니다." 하고 사과했다. 돌아보니 웨이터가 주전자를 들고 서 있다. 마침 물을 따르러 온 참인 것 같다.

"아, 아닙니다. 당신한테 한 말이 아니고……."

웨이터는 꾸벅 고개를 숙인 뒤, 잔에 물을 따랐다. 욕실에서 갓 나온 것처럼 청결한 웃는 얼굴. 젊다. 직장에 있는 2년 차 에나 선생과 비슷한 또래일까. 기품 있고 고풍스러운 예의가 느껴졌다.

"친구가 나랑 진지하게 얘기 중이었는데 전화가 오니까

나가서요. 살짝 화가 나서."

내가 애써 변명하자, 웨이터는 주전자를 기울이며 미소 지었다.

"하지만 저희 입장에서는 다른 손님 생각해서 가게를 나가주시는 매너 좋으신 분 같습니다."

허를 찔렸다. 내가 비상식이라고 생각한 것이 다른 각도에서 보면 상식적인 일이기도 한 건가.

"……나는 되도록 곧은길을 가려고 해왔고, 남들에게도 그러길 바랐는데…… 어디가 잘못된 걸까요?"

"으음……. 길이 곧은가 어떤가보다 구불거리는 길을 곧게 걸어가려고 애쓴다면 좋지 않을까요, 저는 그렇게 생각합니다."

그 말을 듣고 나는 문득 그 마라톤 대회 때를 떠올렸다. 골 근처의 커브를 힘껏 속도 내어 달려가던 리사. 그때 연도에 수학 선생님이 있었다. 지금 생각하면 말도 안 될 정도로 독재적이고 학생을 무시하던 교활한 사람이었다. 쉬는 시간에 나와 리사가 같이 있는 걸 보고, 지나가면서 리사에게 이렇게 말한 적이 있다.

"너, 야스코한테 멍청한 거 전염시키지 마. 떨어져."

리사는 그 말을 듣고 헤헤 웃었다. 하지만 생각해보면 리사는 그 이후, 그 선생님 앞에서는 내 옆에 없었던 것 같다. 나는 그 말을 대수롭잖게 들었다. 나도 그 선생님을 아무것도 모르는 바보라고 무시했을지도 모른다. 그러나 리사는 아마 심하게 상처받았을 것이다. 그래서 내게서 떨어져서 달렸다, 필사적으로. 그런 당연한 일도 깨닫지 못하다니. 바보는 나였다.

"상대 입장이 된다는 건 어렵네요……."

"그러네요. 그러나 상대를 생각하는 마음만큼은 전해질지 모릅니다. 게다가 그 사람이 어떻게 생각할지 상상하는 것만으로 즐겁기도 하고."

웨이터는 그렇게 말하고는 뭔가 떠오른 듯이 빙그레 웃었다.

알기 쉬운 사람. 이런 형태의 솔직함도 있다. 나는 미소 지으며 그가 따라준 물을 꿀꺽 마셨다.

"상상하는 것만으로 즐거운 그 사람과 잘되면 좋겠네요."

그렇게 말하자, 웨이터는 단숨에 얼굴이 빨갛게 달아올랐다.

리사가 돌아왔다.

"미안. 실은 히로유키 씨네 할머니가 오늘 아침에 넘어져서 다치셨거든. 골절했을까봐 걱정했는데 병원에서 검사했더니 그냥 타박상이었대. 이틀 정도 안정을 취하면 된다나봐. 할머니, 혼자 사셔서 걱정이었는데…… 다행이야……."

그렇구나. 꼭 받아야만 하는 전화였구나.

"리사는 간호하러 가지 않아도 돼?"

"응, 히로유키 씨가 소중한 친구랑 약속이니 다녀오라고 했어. 나도 오늘은 야스코를 꼭 만나고 싶었고."

리사는 안도한 얼굴로 천진난만하게 웃었다. 이런 얘기를 솔직하게 하는 리사가 내게는 눈부셨다.

나는 학생 때부터 줄곧 남들에게 미움을 샀다. 미움을 샀다는 표현이 지나치다면 아이들이 나를 경원시했다. 모두 나를 두려워했다. 그러면서 학급 임원은 나한테 떠맡겼다. 입후보하는 사람이 없으면 선생님은 나를 지명했다. 임명됐으니 최선을 다했다. 그래서 또 미움을 샀다. 청소를 안 하는 남자아이들, 수업 중에 떠드는 여자아이들을 주의하는 게 뭐가 잘못된 건지, 나는 몰랐다.

몇 번 안 되는 연애 경험에서도 떠나는 남자들은 한결같이 "너하고 있으면 숨이 막혀"라든가 "정론을 강요하는 게 싫어"라고 했다.

하지만 리사만큼은 달랐다.

리사는 느리고 자기주장을 하지 못하고 울보였다. 그런데 어째선지 나를 피하거나 두려워하지 않고, "야스코, 야스코" 하면서 스스럼없이 마음을 열었다. 야스코하고 있으면 안심이 돼. 야스코한테라면 뭐든 얘기할 수 있어. 야스코는 절대로 뒷담화하지 않잖아. 빈말하지 않잖아.

그건 어째선지 유치원 아이들이 나를 잘 따르는 것과 비슷했다. 과장된 몸짓으로 놀아주거나 "귀여워!" 하고 소리를 지르는 사람은 본 척하지 않는 아이들도 신기하게 내게는 손을 내밀었다. 그래서 나는 아이들 속에서 일하고 싶었다. 내가 생각하는 바른길을 가르치고 싶었다. 바른 것이 소외되는, 그런 어른 무리에 있는 것이 힘들어서.

"리사, 미안하지만, 15분……, 아니, 10분이면 돼. 여기서 기다리고 있어."

나는 마블 카페를 뛰쳐나왔다. 다리를 건너서 역 쪽으로 조금 간 곳의 다목적 빌딩에 란제리 가게 간판이 있었던 게 생각났다. 그 빌딩까지 전력으로 달렸다.

나라면 결혼한 남자를 좋아하지 않을 것이다.

나라면 가터벨트를 부끄러워하지 않을 것이다.

나라면 애초에 썸싱포 따위 챙기지 않을 것이다.

하지만

리사라면. 리사라면.

목적한 빌딩에 도착해서 지하에 있는 가게에 들어갔다.

조명이 어두운 그 좁은 가게에는 웨이브 머리의 여성 점원이 혼자 있었다. 나는 가터벨트가 아니라 속바지를 찾았다.

감색. 물색. 예쁘지만, 아니다. 내가 찾는 것은.

있다! 파랑. 하지만 물방울무늬거나 레이스가 잔뜩 달렸다……. 그런 것 말고.

문득 계산대 옆 진열장에서 반짝반짝 빛나는 속바지를 발견했다.

"저기, 이거, 좀 보여주시겠어요?"

점원은 빙그레 미소 지으며 진열장에서 속바지를 꺼내주었다.

"실크여서 촉감이 좋답니다."

내가 찾던 단순하고 고급스러운 디자인, 청초하기까지 한 로열블루. 이거다.

"네에……. 소중한 친구한테 선물하려는데 포장 좀 해주실래요."

"알겠습니다."

마치 케이크를 싸듯이 조심스럽게 포장하면서 점원이
말했다.

"기쁘네요. 이건 제가 가장 자신있는 작품이랍니다."

그는 포장을 마치자, 가게 로고가 든 종이가방에 넣어서
내게 내밀었다.

"자, 여기 있습니다. 이 속바지, 상품명은 'MARIA'랍니다."

그 이름을 듣고 호흡이 멈추었다.

"마리아……?"

"네. 블루는 성모의 색이랍니다. 왜 마더 테레사 수녀복에
파란 줄이 곧게 들어가 있잖아요? 그것이 상징이랍니다."

……뭔가, 의미가 과하다. 나는 엉겁결에 웃음을 흘리면
서 받아들었다.

어머니 중의 어머니가 아닌가. 파랑은 차가운 색이 아니
야, 리사.

다시 뛰어서 마블 카페로 돌아오자, 리사는 멍하니 창밖
을 보고 있었다.

나는 숨을 헐떡거리며 리사 맞은편에 앉았다.

"자, 보이지 않는 곳의 썸싱 블루. 속바지야. 가터벨트는

부끄러워도 속옷이라면 입을 수 있지? 선물이야."

"……뭐엇. 속옷 사러 다녀온 거야? 지금?"

"그래, 불만 있냐?"

아, 어째서 이런 식으로 거들먹거리는 어조가 되는 거지. 쑥스러울 뿐인데. 그래도 리사는 쿡쿡 웃으며 종이가방을 받아들었다. 이런 웃는 얼굴에 언제나 위안받아왔구나.

"오오, 신기해. 야스코가 이렇게 계획에 없는 일을 하다니."

속옷이라고 말했는데 리사는 사람들 눈도 개의치 않고 그 자리에서 부스럭부스럭 풀었다. 파란색 속바지가 나타나자, '와아' 하고 탄성을 지르며 꺼냈다.

"예쁘다…… 고마워, 이제 다 모았어."

이런 곳에서 좀 펼치지 말라고. 그렇게 생각했지만, 좋아하는 리사의 웃는 얼굴이 기뻐서 대신에 이렇게 말했다.

"아이들은 말이야, 버거워."

리사가 속바지를 든 채 나를 보았다. 말을 계속했다.

"버겁고, 귀엽고, 재미있고, 여리고, 씩씩하고, 눈도 손도 잠시도 뗄 수 없어. 그런가 하면 저대로 자라서 내가 상상하는 것보다 훨씬 식견이 멀쩡하기도 하고, 정말로 그 녀석들은 괴물이야."

나는 가만히 나의 말을 듣고 있는 리사를 바라보았다.

똑바로.

"그러니까 각오하고 욕심내. 욕심쟁이면 어때. 엄마가 되고 싶은 게 뭐가 문제야. 더 욕심쟁이가 돼서 히로유키 씨랑 많이 많이 사랑해서 이 속옷 안에 있는 너의 배 속으로 오게 해."

리사는 속바지를 꼭 움켜쥐고 고개를 숙였다. 양쪽 입술 꼬리가 내려오고 눈을 동그랗게 뜨고 뭔가 화난 것 같은 표정을 짓고 있다. 리사의 그 표정을 나는 잘 안다. 눈물이 쏟아지지 않도록 참고 있는 것이다.

"리사."

내가 부르자, 리사가 얼굴을 들었다.

"축하해."

그제야 그 말을 하자, 리사는 끝내 얼굴이 꾸깃꾸깃해지 도록 일그러뜨리고 울었다.

결혼식이 끝나고 일주일 후, 신혼여행지인 시드니에서 엽서가 왔다.

"여기는 날씨가 너무 좋아서 최고로 즐거워. 그림엽서의 사진대로 하늘이 정말 예쁘단다!"

엽서 가득 펼쳐진 시원한 스카이블루. 나는 그 아름다 운 파란색을, 떨어지지 않도록 핀으로 벽에 단단히 꽂아 두었다.

만남

Red/Sydney

서로 놓치면 기린 앞에서. 그렇게 정하고 같이 돌았는데 일찌감치 히로유키 씨를 놓쳐버려서 벌써 15분째 기린을 보고 있다.

타롱가는 호주에서 가장 큰 동물원이다. 21헥타르가 어느 정도인지 감도 잡히지 않지만, 너무 넓어서 히로유키 씨를 찾아볼 엄두도 나지 않는다. 안내 책자에는 340종류가 넘는 동물이 있다고 나와 있다.

기린은 입구에서 네 번째다. 한 바퀴 도는 데만도 하루가 걸릴 텐데 이런 식으로 기다리고 있으니 다른 동물을 만날 수 없지 않은가. 코알라는 자고 있고, 캥거루도 에뮤도 아직 보지 못했다.

12월의 시드니는 한여름이었다. 도쿄처럼 푹푹 찌는 더위는 아니고 상쾌하지만, 햇볕이 상당히 강하다. 나는 모자를 눈가까지 깊숙이 내려쓰고 페트병 탄산수를 마셨다.

타롱가는 바다 바로 옆에 있다. 우리는 오늘 아침에 서큘러키라는 부두에서 페리를 타고 여기까지 왔다. 기린 철책 너머 멀리에는 시드니항, 더 너머에는 밀집한 빌딩들이 솟아 있다. 기린, 바다, 고층 빌딩. 참으로 신기한 풍경이었다.

어젯밤, 시내의 일식당에서 일본어 무가지를 갖고 왔다. 'CANVAS'라는 그 정보지는 관광객이라기보다 시드니에 사는 일본인을 위해 만든 것 같았다. 되도록 직사광선이 닿지 않는 곳에서 나는 CANVAS를 펼쳤다.

크리스마스 특집이 실려 있다. 그러고 보니 벌써 다음 주다.

'호주의 산타클로스는 서핑을 타고 오는가?'

서핑보드를 탄 빨간 수영복 차림의 산타클로스 일러스트. 선글라스를 끼고 있다. 그러네, 한여름이잖아. 산타는 어딘가 익살스러워서 나도 모르게 웃어버렸다.

하지만 큰일이겠다. 썰매라면 루돌프가 산타도 선물도 태워주지만, 서핑은 운동신경이 좋지 않으면 어렵다. 선물이 젖지 않도록 해야 하고, 게다가 혼자 바다를 건너는 건 너무 외롭다.

내가 산타클로스라면 호주에 파견돼도 무리다. 서핑은 타본 적도 없지만. 그런 생각을 하면서 히로유키 씨를 눈으로 찾았다.

히로유키 씨는 좋은 사람이다. 파견회사에 등록한 내가 세 번째 근무한 회사의 과장이었다. 다정하고, 집안일을 싫어하지 않고 구두쇠가 아니다. 내가 실수해도 빈정대지 않고, 레스토랑에서 점원에게 거만하지 않은 점이 정말 좋다. 신혼여행지를 정할 때도 내가 "시드니가 좋아"라고 했더니 "좋네, 좀 조사해볼게"라고 대답했다. "아무 데나 좋아"도 아니고, "시드니는 안 돼"도 아니었다. 그리고 정말로 좀 조사해서 몇 군데 여행사와 투어 플랜에 별표를 해서주었다. 꼼꼼하다.

결혼식 날 아침에 혼인신고를 하고, 식이 끝나자마자 비행기를 탔다. 시드니에 도착한 지 2일째이고, 나는 아직 히로유키 씨의 아내가 된 지 3일밖에 되지 않았다. 아내. 나는 히로유키 씨의 아내. 그렇게 생각하니 가슴 깊은 곳에서 깊은 안도와 그것만큼의 깊은 불안이 퍼져서 나를 침식했다.

CANVAS를 말아서 가방에 넣고 손목시계를 보았다. 20분

경과. 히로유키 씨는 아직 오지 않았다.

기린의 목이 껑충하게 휘었다. 이렇게 길면 불편하지 않을까. 감기에 걸려 목이 아플 때면 어디서부터 어디까지 아플까. 가짜 머리칼을 붙인 것처럼 긴 속눈썹이 눈을 감을 때마다 바삭바삭 소리를 낼 것 같다. 아까부터 두 마리의 기린이 내 옆에 있는데, 서로 얘기도 하지 않고(당연하지만), 서로 바라보지도 않고, 이따금 잎을 먹거나 멀리 빌딩으로 시선을 보냈다.

"어머나, 세상에. 멋쟁이네."

등뒤에서 소리가 나서 돌아보니 몸집이 자그마한 할머니가 있었다. 옆에는 역시 비슷한 키의 할아버지가 싱글벙글하고 있다.

멋쟁이란 당연히 내가 아니라 기린을 보고 하는 감탄이다.
"몸도 모양이 예쁘지만, 꼬리가 센스 있네."
"왕관을 쓴 것처럼 보이기도 하는구려."
할머니와 할아버지는 다정하게 대화를 나누었다. 나리타 공항 로비에서 본 두 사람이다. 우리가 여행사에서 받은 태그를 그들도 여행 가방에 달고 있는 것으로 보아 같은 패키지투어 팀이구나, 하고 생각한 기억이 난다. 행복해

보이는 부부. 부러운 눈길로 보고 있는 나를 발견했는지, 할머니가 내게 미소를 보냈다.

"안녕하세요. 비행기가 같았죠."

"네."

"같이 온 분은?"

"그게, 놓쳐버려서."

나는 무안해서 고개를 숙였다.

"에구, 저런. 신혼부부?"

"아직 3일째예요."

아이고, 그렇구나. 할머니와 할아버지는 소리 모아 그렇게 말하고 웃었다. 키도 얼굴도 비슷하다. 콩깍지 속에 사이좋게 있는 땅콩 같았다.

"이렇게 큰 동물원에서 잃어버리면 찾기도 힘들겠어."

"괜찮습니다. 서로 놓치면 기린 앞에서 만나기로 했어요. 이대로 기다리고 있으면 아마 올 거예요. 곧잘 있어요. 불쑥 없어지는 일."

나는 씁쓸해하며 웃었다.

그렇다. 히로유키 씨는 좋은 사람이지만, 이따금 종잡을 수 없이 자유로워서 당혹스럽다. 평소에 다정한 만큼, 방치되면 불의의 기습에 망연해진다. 그리고 두근두근 불안해진다. 사실은 나를 그리 좋아하지 않는 건지도 모른다고.

너무 의식하지 않으려고 하지만, 불안을 일으키는 또 하나의 요소는 그가 이혼남이라는 사실이다. 만났을 당시에 전 부인과 별거하고 있어서 빼앗은 건 아니라고 줄곧 나를 세뇌해왔다.

이 사람과 꼭 결혼하고 싶다고 생각했다. 이런 뜨거운 마음은 처음이었다. 드디어 그 소원이 이루어졌을 때, 문득 전 부인과는 어째서 원만하지 못했을까, 새삼스럽게 의문이 생겼다. 히로유키 씨한테 물어봐서는 안 될 것 같았고, 듣고 싶지 않은 마음도 있었다. 나와는 관계없다고 하면 관계없는 일이다.

하지만 전 부인과도 처음에는 서로 좋아해서 결혼했을 거야. 결혼식에서 '영원한 사랑'을 맹세했을 거야. 운명의 붉은 실로 묶여서 결혼했을 텐데, 어째서 헤어지는 부부가 많이 있을까. 우리도 그렇게 되지 않을 거란 보장은 없다.

와아 하고 소리를 지르며 초등학생쯤 되는 남자아이 몇 명이 달려왔다. 이 지역 아이들이리라, 잘 모르는 영어로 소리치면서 달려간다. 아무리 떠들어도 부지가 워낙 넓어서 시끄럽게 느껴지지 않는다. 바닥은 깔끔히 포장되어 있지만, 동물들은 꽃과 나무에 둘러싸여서 자연 속에서 느긋하게 지내는 것처럼 보인다. 아담한 정글에 있는 것 같다.

"불쑥 없어져도 늘 반드시 돌아오죠?"

할머니가 말했다. 나는 고개를 들었다.

"그건 그렇지만요. 그래도 시드니까지 와서 이러니 불안해요."

"그러게요. 그래도 이런 곳에 왔으니 즐겁고 신기해서 자기도 모르게 호기심에 여기저기 돌아다니고 있을 거예요."

후후, 하고 할머니가 웃었다. 그 부드러운 눈매를 보니 마음이 스르륵 풀렸다.

"두 분은 결혼한 지 몇 년 되셨어요?"

"우리는요, 50주년. 50주년 기념으로 여행을 왔어요. 외동딸이 선물해줬어요. 2년쯤 전이었나, 피짱의…… 아, 피짱은 딸인데요, 피짱의 소꿉동무가 시드니에서 결혼식을 했는데, 가봤더니 너무 멋진 도시더라면서요."

할머니가 빙그레 웃는 입술과 거의 같은 각도로 할아버지의 입꼬리도 올라갔다. 내가 "참 효녀를 두셨네요!"라고 하니 할머니는 더 얘기를 해주었다.

"그 애, 도쿄에서 란제리 가게를 하고 있어요. 옛날부터 손재주가 있어서 바느질을 좋아했거든요. 원피스 같은 것도 만들고. 근데 속옷 만드는 게 재미있어, 하더니 지금은 자기가 디자인한 속옷을 팔고 있어요. 브래지어나 팬티나. 괜찮다면 다음에 한번 가보세요."

네, 하고 끄덕였다. 이 작은 할머니에게서 한 사람이 나왔다고 생각하니 굉장히 신기했다. 아기가 태어나서 걷고, 작은 여자아이가 어른이 되어 부모님에게 여행을 선물하고 가게를 경영한다. 이 두 사람이 맺어지지 않았더라면 세상에 존재조차 하지 않았을 텐데.

대단하네. 사람이 세상에 탄생한다는 건 정말 대단한 일이야.

유치원 선생님인 친구 야스코에게 "아이를 갖고 싶어"라고 했더니, "아이는 각오하고 갖고 싶어 해"라고 했던가. 나는 히로유키 씨를 만날 때까지 엄마가 되고 싶다고 바란 적이 한 번도 없었다. 낳는 것도 키우는 것도 나는 절대 못할 것 같았다. 하지만 히로유키 씨와 결혼하면서 처음으로 생각했다. 히로유키 씨의 아이라면 만나보고 싶다고.

지금까지 나는 뭔가를 갈망한 적이 없었다. '좋아한다', '갖고 싶다', 그런 감정은 어딘가 멀리에서 멋대로 오는 것이다. 그건 하나의 재능이다. 내겐 그런 재능이 별로 없었다. 그래서 부인이 있는 히로유키 씨를 이렇게 좋아하게 되고, 아이를 갖고 싶다고 바라는 자신에게 놀랐다. 단 하나, 이 욕망의 출구에 설명을 붙인다면 그건 히로유키 씨가 내 '운명의 사람'이라는 결론이었다. 그래서 그가 운명이 아니라면 어쩌지, 하고 아무한테도 말할 수 없는 불안을 안고 있다.

나는 찬양하는 마음으로 말했다.
"50년이나 그렇게 사이좋게 지내시다니 두 분은 운명의 붉은 실로 맺어지셨군요."

순간 할머니가 진지한 얼굴이 됐다.
"운명의!"
그 말에 할아버지가 이어서.
"붉은 실!"
그리고 두 사람은 얼굴을 마주 보며 쿠하하 웃었다.

"운명의 붉은 실이라니 아직도 이런 로맨티시스트인 젊은이가 있네!"
할아버지가 말했다. 무시하는 게 아니라 오히려 감격한 듯한 따스한 말투였다. 할머니가 수줍은 듯이 한 손을 저었다.
"50년 내내 사이좋게 지낸 건 아니에요. 별의별 일이 다 있었어요. 결과적으로 50년 지난 거죠."

"이혼하고 싶다고 생각한 적도?"

"있지, 있지, 있고말고요. 몇 번이나. 앞으로도 어떻게 될지 몰라요."

말도 안 돼. 그런 건가.

"……영원한 사랑이란 어려운 걸까요?"

또 "영원한" "사랑!" 하고 외치는 거 아닌가 했지만, 두 사람 다 이번에는 웃지 않았다.

"그러게. 몹시 어려운 일이기도 하고, 아주 간단한 일이기도 하죠. 사랑하려고 마음먹고 사랑하는 게 아니니까. 사랑은 원래 굉장히 자유로운 거잖아요."

할머니는 기린에게로 얼굴을 돌렸다. 조금 큰 쪽의 기린이 다른 기린에게 목을 기대고 있다.

"그러니까 결혼식에서 굳이 맹세하고 싶어 하는지도 모르겠어요, 사람은."

동물은 일부러 맹세하지 않을 텐데. 두 마리의 기린은 툭툭 하고 서로 가볍게 목을 부딪치며 관자놀이를 그루밍했다.

"리사."

갑자기 부르는 소리가 나서 돌아보니 어느새 히로유키 씨가 뒤에 와 있었다.

"미안, 재미있어서 자꾸 앞으로 가다가. 저쪽에 오리너구리가 있어. 사람 앞에 나오는 걸 싫어하는 것 같은데 내가 운이 좋았나봐, 수영하는 걸 봤어. 리사도 나중에 같이 보러 가자."

어린애처럼 좋아하는 히로유키 씨의 뺨이 불그레하다. 혼자 남겨져서 서운했는데 히로유키 씨의 웃는 얼굴을 보니 역시 용서하게 된다.

할머니가 히로유키 씨에게 웃으며 말을 걸었다.

"3일째 된 새 신랑이군요. 안녕하세요."

느닷없는 인사에도 히로유키 씨는 당황하지 않고 "안녕하세요." 하고 받아주었다. 그의 이런 점이 언제나 멋지다.

"자기 기다리는 동안, 얘기를 나누고 있었어요."

내가 말하자 히로유키 씨는 "아, 감사합니다." 하고 인사를 했다. 그리고 부부를 번갈아 보며 "쌍둥이인가 싶을 정도로 똑 닮으셨네요!" 하고 명랑하게 말했다.

만나자마자 그런 말은 실례가 아닐까 하고 조마조마했다. 하지만 할아버지가 "자주 들어요." 하고 크게 웃어서 가슴을 쓸어내렸다.

히로유키 씨가 싹싹하게 물었다.

"닮아가는 걸까요, 역시. 아니면 처음부터 닮으셨습니까?"

할아버지가 느긋하게 대답했다.

"글쎄요. 닮아간달까, 같아져가더군요."

"아, 취미나 음식 취향이?"

"그런 건 아닌 것 같고……. 이 사람이 내가, 내가 이 사람이 되어가요."

뭔가 엄청나게 깊은 얘기를 하는 느낌이어서 나는 꿀꺽 침을 삼켰다. 히로유키 씨도 "철학적이군요." 하고 흥미로워했다.

"뭐, 그건 50년 뒤의 즐거움으로."

할아버지는 헛헛헛 하고 유쾌하게 웃었다.

"같아진다는 건 일심동체가 된다는 말씀이셔요?"

내가 끈질기게 묻자 할머니가 뺨에 손을 댄다.

"그건 좀 힘들지도요. 뭐라면 좋을까. 뭔가 말이죠, 이상한 얘기긴 한데 언젠가부터 피가 이어지지 않았다는 사실에 나도 깜짝 놀라게 돼요."

히로유키 씨가 "그만큼 닮으셨군요." 하고 말했다. 할머니는 고개를 가로저었다.

"아아뇨, 얼굴이 닮는 건 아무렇거나 상관없어요. 혈연 관계가 아니란 사실에, 그러고 보니 그러네? 하게 되더라고요. 가계도에 1촌이니 2촌이니 있잖아요, 그거, 지금도 매번 놀라요. 나와 이 사람, 무촌이잖아요. 믿을 수 없어요. 세상 누구보다 진한 피가 흐르지 않을까 싶은데. 이제 몸이 착각하는 것 같은 느낌이에요."

"우와! 대단해요. 유전자까지 착각할 정도가 됐군요."

히로유키 씨는 소리 내어 웃었다. 나는 감동해서 웃을 수 없었다.

붉은 실. 그것은 새끼손가락과 새끼손가락을 잇는 미미한 한 가닥 실이 아니라, 서로의 몸속을 달리는 피를 말하는 게 아닐까. 미리 묶인 선을 손으로 더듬어 당기는 게 아니라, 여러 가지 경험을 쌓아가며 각자의 몸 속에 맥맥이 흐르는 붉은 실을 서로 공명하는 것이다. 그런 특별한 상대를 사람들은 계속 찾고 있을지도 모른다.

사람 좋아 보이는 히로유키 씨의 옆얼굴을 올려다보았다. 50년 뒤, 어떻게 되어 있을지 모른다.

하지만 50년 뒤에도 함께 있고 싶다.

그렇게 바라는 사람이 옆에서 웃고 있다. 이 순간보다 소중한 것은 없다는 생각이 들었다. 그런 시간이 우리를 만들어갈 것이다.

히로유키 씨가 나와 눈을 마주치며 미소 지었다. 피가 달리는 것을 느낀다. 괜찮아, 사람을 사랑하는 '재능'은 나도 갖고 있어. 이걸로 됐어, 하고 나는 내게 끄덕인다. 행복하다고 느꼈으니.

운명이 아니어도, 영원하지 않아도, 그리고 맹세하지 않아도.

6

반세기 로맨스

Grey/Sydney

안녕하세요, 오늘도 날씨가 좋군요. 당신도 식사하러 오셨나요?

호텔 레스토랑에서 아침을 먹다니 좀 떨리긴 하지만, 가끔은 이런 멋을 부려도 되겠죠.

당신한테 소개할게요. 나와 마주 앉아서 베이컨에그를 우물우물 맛있게 먹는 이 사람은 신이치로 씨. 내 남편이에요.

저기, 좀 들어줄래요? 우리 결혼한 지 50년째랍니다.

어제 타롱가에서 만난 새색시에게 "50년이나 그렇게 사이좋게 지내시다니 두 분은 운명의 붉은 실로 맺어지셨군요"라는 말을 들었어요. 아, 그러게요, 50년. 새삼스럽게 감개무량하네요. 놀라워요. 생각해보면 우리 신혼여행도 아타미에서 1박이었고, 신이치로 씨는 일이 바빠서 둘이 해외여행은 처음이에요. 금혼식 선물로 딸이 시드니 여행을 선물해주었답니다. 네, 이렇게 행복한 일이 또 있을까요.

우리한테는 딸 하나가 있죠. 이름은 히로코. 유치원 때 가타카나로 '히로코'라고 가로로 썼더니 '로'가 작아져서 '피코'로 보였는지 그 후로 다들 '피짱'이라고 부르더군요. 귀엽잖아요, 작은 새 같고. 그래서 나도 피~라고 불러요.

사실 나는 아이를 많이 낳고 싶었는데, 우리 집을 담당한 삼신할머니가 오랫동안 길을 찾지 못했나 봐요. 포기했을 즈음에 간신히 문을 노크하여, 피짱을 만난 것은 내가 서른여섯 살 때였어요. 그런 피짱이 지금은 서른여섯 살. 그때의 나와 같은 나이라니 참말 신기한 느낌이네요. 시간 여행하여 서른여섯 살끼리 대면한다면 어떤 얘기를 나눌까요. 친한 친구가 됐을지도 모르겠네요. 그 아이가 자라면서 딸로서가 아니라 사람으로서 참 좋아한다고 몇 번이나 생각했답니다.

피짱은 우리 부부한테 금혼식 선물로 해외여행을 선물하려고 10년쯤 전부터 조금씩 돈을 모으고 있었대요. 눈물 났어요. 소꿉친구인 앗짱이 2년 전 시드니에서 결혼식을 올렸거든요. 그때 참석해서 여기저기 관광해보니 너무나 멋있어서 여행을 간다면 시드니라고 생각했다나 봐요. 그때는 기성복 회사 사원이었지만, 독립하고 싶다고 생각한 즈음이었던 것 같아요. 지금은 혼자 란제리 가게를 하고 있어요. 내 딸이지만 대단해요.

참, 피짱네 가게는 강변에 있지만, 조금 가서 다리를 건너면 '마블 카페'라는 아담한 커피숍이 있는데요. 와타루 군이라는 귀여운 청년이 일하고 있답니다. 아들이 있다면 이런 느낌이지 않을까 하는 상상을 멋대로 하는데, 가끔 이런저런 얘기를 하다 보니 친해졌어요.

요전에도 제가 마블 카페에 갔을 때, 와타루 군이 "가을의 벚꽃이 어떤 건지 아십니까?" 하고 물었어요. 아, 저는 원예가 취미여서 식물에 관심이 많다고 생각했을 테죠. 가을의 벚꽃이라면 코스모스가 아닐까요. 가을 벚꽃(秋櫻)이라고 써서 코스모스. 그렇게 가르쳐주었더니 아, 그렇군요, 하면서 역시 잘 모르겠다는 얼굴이었어요. 가게에 장식한 크리스마스트리에 칠석의 단사쿠(칠석에는 단사쿠라는 나무 팻말에 소원을 써서 대나무에 건다―옮긴이)처럼 소원을 써서 걸도록 했더니 손님 한 사람이 '가을의 벚꽃'이라고 한 단어만 썼다더군요. 나는 와타루 군의 표정을 보고 바로 알았죠. 그 손님은 와타루 군이 좋아하는 사람이구나.

"뭘까, 이건. 초콜릿인가."

신이치로 씨가 갈색 페이스트를 빵에 바르는 것을 묵묵히 보고 있었어요. 잼 옆에 나란히 있는 노란 통. 영어로 뭐라고 쓰여 있지만, 나는 모르죠.

덥석 베어 문 신이치로 씨가 난감한 미소를 지었어요. 맞아, 맞아, 그 얼굴을 보고 싶었죠. 우후훗, 나도 아까 실패했답니다. 단맛인 줄 알았더니 짜고 맵고 이상한 맛. 나는 도저히 못 먹겠더라고요. 하지만 뭐든 도전하라고 하잖아요. 그래서 신이치로 씨에게도 사전 정보 없이 먹게 해야겠다고 생각하고 일부러 말하지 않았어요.

나는 한 입 먹고 포기했지만, 신이치로 씨는 과감히 두 입, 세 입 도전하여 고난을 극복하더군요.

"처음에는 생각지 못한 맛이어서 놀랐지만, 익숙해지니 의외로 재미있는 맛이네."

아유, 역시 무적이네요, 당신은. 노란 통에 인쇄된 빨간 바탕에 흰색 알파벳을 수첩에 메모까지 하고 말이죠. VEGEMITE.

"베게미테?"

고개를 갸웃거리는 신이치로 씨. 아, 그러고 보니 피짱이 말했던 것 같네요. 생긴 건 초콜릿과 비슷한데 짠맛이 나는 건강 식품이라고. 음, 아마 베지마이트라고 했지, 그 거. 달달해 보이는데 짜다니 그야말로 인생과 같군요.

나는 밥을 먹는 신이치로 씨를 보면 뭔가 안심이 돼요. 그이는 정말로 뭐든 소중하게 먹거든요. 아무리 힘든 일이 있어도 먹을 때만큼은 웃는 얼굴로 천천히 음미해요. 이런 저런 고민도 있겠지만, 날마다 감사히 밥을 먹다 보면 어 떻게든 되더라고요. 그렇게 생각하면 나도 좀 힘이 나요.

지금까지 몇 번이나 이렇게 같이 밥을 먹었을까요. 그리 고 앞으로 몇 번 더 같이 밥을 먹게 될까요.

우린 일단 연애결혼이었어요. 나는 신이치로 씨가 근무 하는 토목 회사에서 경리를 하고 있었죠. 사원은 열두 명 정도였을까요. 홍일점이어서 나름대로 인기가 많았어요. 경리이긴 하지만, 뭐든 다 했죠. 뭐랄까, 운동부 매니저 같 은 느낌이라면 이해될까요? 지금 생각해보면 그 무렵이 가 장 빛나는 '청춘'이었을지도 모르겠군요.

신이치로 씨는 아주 성실했어요. 체구가 작은 데다 자기

주장을 하지 않아서 눈에 띄지 않았죠. 직원들이 신이치로 씨가 열심히 낸 성과를 자기 실적처럼 과시해도 구석에서 조용히 미소 짓는 사람이었어요. 나는 그런 신이치로 씨가 답답하더라고요. "어째서 자기를 어필하지 않는 거죠?" 하고 반쯤 화내면서 말한 적도 있어요. 그랬더니 신이치로 씨는 "나 혼자서는 못했을 일이고 회사의 이익이 되는 거라면 누가 하든 상관없잖아요." 하고 태평스럽게 말하더군요. 이 남자, 출세 못하겠네 하고 어린 나는 생각했죠. 당시에는 늠름한 사람을 좋아했어요. 회사에서 가장 체격과 목소리가 크고 리더십이 있는 요스케 씨와 사귀고 있었죠. 그대로 결혼할 줄 알았어요.

그런데 말이죠, 요스케 씨는 사장님의 총애를 받아서 사장님 따님과 결혼하고 말았어요. 삼류 드라마 같은 얘기지만, 나는 어이없이 버려졌어요.

울고, 울고, 또 울고, 내가 잘못한 게 아닌데 회사 다니기가 괴로워서 사표를 내려고 할 때였답니다. 신이치로 씨가 이렇게 말했어요. 나하고 결혼합시다.

'사귀어주세요'가 아니라 '결혼합시다'라니. 그래서 난 동정하는 줄 알고 못되게 말했어요. "당신 같은 밋밋한 사람하고 같이 살아도 재미없을 거예요. 나는 멋있는 남자를 좋아해요." 그때는 마음이 어두울 때라 착한 신이치로 씨를 상처 입히고 싶었던 거예요. 하지만 신이치로 씨는 상처는커녕 언제나의 조심스러운 태도는 어디로 가고, 빙긋이 웃으며 당당하게 이렇게 대답했어요.

"멋있어지겠습니다. 약속합니다. 지금은 밋밋해 보이겠지만, 나이를 먹을수록 멋진 로맨스그레이가 되겠습니다."

나는 입을 멍하니 벌리고 한동안 신이치로 씨의 웃는 얼굴을 바라보았어요. 그리고 상상했죠. 나이를 먹어서 할아버지가 된 신이치로 씨를. 놀랄 정도로 쉽게 그려지더군요.
아, 이 사람은 정말로 멋진 로맨스그레이 할아버지가 되겠구나. 나는 이 사람과 있으면 절대 불행해지지 않겠구나. 그건 상상을 가볍게 넘어서 확신이 됐습니다.

그래서 나는 퇴사를 하고 신이치로 씨의 아내가 됐죠. 그런데 10년이 지나 그 토목 회사 사장이 병으로 쓰러졌을 때, 뒤를 이어달라고 부탁한 사람은 요스케 씨가 아니라 신이치로 씨였답니다. 요스케 씨는 사장님 따님과 잘 안됐던 거죠. 결혼하고 3년도 되지 않아 도박과 바람으로 이혼한 거예요. 물론 회사도 그만두고 행방도 알 수 없어졌어요. 따님은 그 후 재혼했지만, 회사와는 관계없는 사람과 연애로 만났다고 들었어요.

　사장님이 돌아가신 뒤, 신이치로 씨는 요스케 씨를 필사적으로 찾았답니다. 일용직을 하며 근근히 먹고사는 요스케 씨를 발견하고, 같이 회사를 이끌어가지 않겠냐고 머리를 숙였대요. 요스케 씨한테 부탁하지 않더라도 그 무렵 회사는 아주 순조로웠지만, 신이치로 씨는 줄곧 요스케 씨를 걱정했던 거예요. 하지만 '고용해주겠다'라고 하면 요스케 씨의 자존심이 가루가 됐겠죠. 요스케 씨는 요스케 씨대로 여러 상황을 알고 있었을 거예요. 그러나 요스케 씨도 "저야말로 부탁합니다." 하고 머리를 숙였어요. 나는 신이치로 씨도 요스케 씨도 참 멋있다고 생각했어요.

　요스케 씨가 온 뒤로 회사는 더욱 활기를 띠어서 크게 성장했답니다. 신이치로 씨는 여전히 변함이 없어요. 정직하고 겸허하고 언제나 미소 진 얼굴로. 아무리 높은 사람에게도 머리 숙이지 않고, 아무리 신입이어도 잘난 척하지 않아요.

생각건대 올바른 겸허함이란 올바른 자신감이고, 진정한 부드러움은 진정한 씩씩함이 아닐까요.

5년쯤 전일까요. 어느 날, 문득 깨달았답니다. 어머나, 이 사람, 어느새 이렇게 머리가 하얗게…… 아니, 멋진 그레이가 돼 있는 게 아니겠어요.

"커피 리필 주세요."

조식을 마친 신이치로 씨가 웨이트리스에게 말을 건넸습니다. 일본인 스태프가 있어서 안심한 것 같아요. 까맣고 긴 머리칼을 뒤로 묶은 젊은 웨이트리스의 "네" 하는 기분 좋은 대답. 손목에 차고 있는 연두색 팔찌가 아주 잘 어울리더군요. 신이치로 씨와 만날 무렵, 나도 저 정도 나이였을 거예요. 신이치로 씨에게 "차 드세요." 하고 찻잔을 내밀던 내 모습이 포개지더군요.

"여보. 당신, 거짓말하지 않았네요."

내가 말하자 신이치로 씨는 눈을 두 번 깜박이더니, 후후 하고 즐거운 듯이 웃었습니다.

"무슨 얘길까나."

어째 말이 많아진 것 같네요. 나만 얘기하면서 식사해서 미안해요. 당신도 배가 고플 텐데. 빵 먹을래요?

빵을 한 조각 내밀려고 할 때 좀 전의 웨이트리스가 다가와서, 커피포트를 한 손에 들고 가르쳐주었습니다.

"그 새, 로리키트라고 해요. 색깔이 선명하죠."

얼굴은 파란색이고, 가슴은 오렌지색, 날개는 초록색. 목에는 목도리 같은 노란색 라인. 정말 그렇구나, 당신 참, 화려하네요.

그때 신이치로 씨가 느닷없이.
"미사코, 참 예쁘네."

어머나, 아유. 갑자기 그런 말을 해서 나잇값도 못하고 심장이 띠리링 하고 하프 같은 소리를 내네요. 신이치로 씨, 그런 말 몇 십 년째 해주지 않았는데. 아니, 신혼 시절에는 들은 적이 있었을지도 모르겠네요. 기쁘고 부끄러워서 아랫입술을 가볍게 물면서 얼굴을 드니 신이치로 씨의 시선은 로리키트를 향해 있었어요.

예쁘다고 한 건 나? 아니면 로리키트?

뭐, 좋아요. 색색의 로리키트와 언제나처럼 온화하게 미소 짓는 신이치로 씨를 번갈아 보면서 마음속으로 생각했어요.

당신의 로맨스그레이 쪽이 훨씬 멋있네요.

카운트다운

Green/Sydney

왜 호주에 왔는지 물어서 '초록색을 그리러'라고 대답하면, 다들 뭐라고 반응해야 할지 몰라서 난감해 한다.

"아, 그래요." 하고 거기서 얘기를 마치는 사람도 있고, 집요하게 이유와 목적을 묻는 사람도 있다.

"초록은 식물이란 의미군요"라는 말을 들을 때도 많아서, "아뇨, 초록색입니다." 하고 정정하면 "네엣? 색을요?" 하고 고개를 갸웃거린다.

좀처럼 이해받기 어렵지만, 내가 사랑하는 것은 초록색 그 자체다.

아주 드물게 순순히 받아들여주는 사람도 있다. 조금

전, 아르바이트하는 호텔 레스토랑에서 만난 부인에게 "초록색을 그리러 왔어요"라고 했더니 바로 "어머나, 화가시구나"라고 했다. 천만에요, 화가는 아닙니다. 그냥 좋아해서 그리고 있을 뿐이에요. 그렇게 부정했더니 "아뇨, 그림을 그리면 화가죠. 보수와 관계없이." 하고 미소 지었다.

사이 좋아 보이는 노부부로 딸의 금혼식 선물로 시드니 여행을 왔다고 했던가. 나는 나를 '화가'라고 생각한 적은 없지만, 인생 경험 풍부한 부인에게 들으니 정말 그런 것 같은 기분도 들었다.

12월 마지막 날인 오늘, 안성맞춤인 푸른 하늘.

시드니에는 'CANVAS'라는 일본인 대상 무가지가 있다. 정보지 같은 건 별로 읽지 않다가 그 공식 사이트에서 워킹홀리데이 체험 인터뷰를 한 뒤로 매호 챙겨보고 있다.

내가 특히 좋아하는 것은 MACO라는 사람이 쓰는 연재 칼럼이다. 일본과 호주의 문화 차이와 영어 회화 문장이 실려 있다. 이번 달에는 송구영신 이야기를 했다.

시드니에서는 새해 카운트다운을 하는 순간, 하버 브리지에서 성대하게 불꽃놀이를 한단다. 한꺼번에 터트린 수많은 불꽃이 하늘을 가득 메우고, 시드니 항구에 거울처럼 비쳐서 일대가 대낮처럼 밝아진다고 한다. 모인 사람들은 여기저기에서 키스한다는 것도 칼럼을 읽고 알았다.

어차피 나와는 관계없다. 그날은 밖에 나가지 않고 집에서 보낼 생각이다. 키스할 상대도 없고, 모르는 사람에게 키스를 받아도 곤란하다.

나는 스케치북과 물감을 들고 언제나처럼 왕립 식물원으로 향했다. 로열 보타닉 가든, 통칭 보타닉가든으로 불리는 공원이다. 부지 안은 넓어서 진지하게 전부 다 돌면 반나절 족히 걸린다. 풍요롭게 자란 우거진 나무들, 흐드러지게 핀 꽃. 박쥐가 나뭇가지에 매달려 있고, 원내에는 빨간색 관광 전철도 달린다. 오피스가에 이런 멋진 곳이 있다니.

도중에 좋아하는 샌드위치 가게에서 치킨샌드와 레모네이드를 테이크어웨이했다. 중학교 때 배운 '포장하여 갖고 가기'의 영어는 미국식인 '테이크아웃'뿐이지만, 영국권인 호주에서는 그렇게 말한다. 항상 오렌지색 앞치마를 두르고 있는 아저씨가 호주 사투리로 "굿다이!" 하고 엄지를 내밀며 윙크해주었다.

한여름 햇볕에 지지 않도록 모자와 선글라스는 필수품. 하지만 햇볕을 벗어나 커다란 나무 아래에 앉으면 더없이 행복한 시간이 시작된다.

레모네이드를 한 모금 마셨다. 햇볕을 받고 있으면 살이 탈 정도인데 나무 그늘에 들어가는 순간 준비된 청량감이 나를 감쌌다. 시드니 하버의 산뜻한 블루가 시야를 촉촉하게 한다. 나는 만족스럽게 스케치북을 펼쳤다.

종이 팔레트에 물감을 짰다. 노란색과 파란색. 느낀 대로, 생각한 대로 초록색을 만들어서는 칠하고, 붓의 감촉을 음미하고, 공원의 공기와 수목과 잎과 물감의 향을 맡고, 나의 세계가 초록으로 물들어가는 것을 본다. 아, 행복하다.

"……왔어요?"

누군가가 말을 걸고 있다는 걸 그제야 깨닫고 나는 얼른 정신을 차렸다. 언제 왔는지 마른 몸에 찰랑거리는 갈색 머리의 젊은 남자가 바로 옆에 쭈그리고 앉아서 내 얼굴을 보고 있었다.

"앗?"

"이거 떨어뜨리지 않았어요?"

그는 손수건을 내밀며 활짝 웃었다. 괜한 경계심이 누그러졌다.

"아, 고맙습니다. 내 거예요."

나는 황급히 일어서서 손수건을 받았다. 아까 걸으면서 땀을 닦고 배낭 옆 주머니에 넣었는데 떨어진 모양이다.

"감사합니다."

인사를 하자, 그는 가지런한 치아를 보이면서 조그맣게 끄덕였다.

……초록?

눈을 의심했다. 나는 초능력자도 아니고 그런 지식도 경험도 없지만, 이른바 '아우라'라고 할까, 그의 몸이 초록색의 부드러운 빛에 감싸인 게 보였다. 입고 있는 옷은 흰색 셔츠인데. 내가 우두커니 서서 멍하게 있자, 그는 "화가군요." 하고 스케치북에 시선을 떨어뜨렸다. 아닙니다, 라고 하려고 했지만, 어째선지 "네." 하고 대답해버렸다. 호텔에서 만난 그 부인의 말 때문일지도 모른다.

"역시. 나도 보여주세요."

그는 아이처럼 천진난만하게 말하더니, 쭈그리고 앉아서 스케치북을 들었다. 아직 마르지 않은 나의 초록을 그는 사랑스러운 듯이 보고 있다. 잘 모르겠지만, 행복한 기분이 들었다. 나도 그곳에 앉아서 묵묵히 그와 초록색을 바라보았다.

"초록색 물감은 사용하지 않는군요."

스케치북에서 눈을 떼지 않고 그가 말했다. 종이 팔레트
에 짠 색을 발견한 것이다.

"맞아요. 나의 초록이니까요."

기본은 노랑과 파랑. 거기다 여러 가지 색을 조금씩 섞
는다.

언제부터인지 모르겠다. 가장 먼 기억인 어린이집 시절
부터 그랬으니까, 태어날 때부터일지도 모른다. 나는 줄곧
초록색에 반해 있었다. '좋아한다'는 단순한 마음으로 정리
가 되지 않는다. 초록색은 내 친구이고 부적이고 추억이고
미래. 나를 다정하게 달래주기도 하고, 밝게 용기를 북돋
아주기도 한다. 반 친구들과 어울리지 못할 때도 초록색이
있으면 고독한 기분이 들지 않았다. 누군가에게 개나 고양
이나 음악이나 책이 그러하듯이 내게는 초록색이 그런 존
재였다.

그래서 언제나 초록색을 곁에 두고 있다.

호텔에서 아르바이트할 때는 활동적으로 보이도록 밝
은 연두색 팔찌. 잘 때는 몸도 마음도 차분해지도록 진녹

색 베갯잇. 평소 사용하는 손수건은 어떤 자리에나 녹아드는 연두색을 갖고 있다.

잡화점에서도 문구점에서도 가구점에서도 선택할 때는 먼저 초록색을 본다. 그렇다고 초록색 아이템이라면 뭐든 좋아하는 건 아니다. 불편한 초록색도 있고, 그럭저럭 괜찮지만 그래도 좀 아닌데, 싶은 것도 많이 있다. 그래서 나는 '나의 초록'을 찾기도 하고 만들기도 하게 됐다.

전문대 2학년 때, 내가 사는 교토의 작은 갤러리에서 무료 전시회가 있었다. 유명한 작품이 아니라 오너가 개인적으로 좋다고 생각한 그림을 모은 것이다.

나는 갤러리에 들어가서 작품을 보다 어느 아크릴화 앞에서 나도 모르게 멈춰 섰다.

풍요로운 식물 그림이었다. 웅장한 생명력과 그곳에 번지는 숨길 수 없는 덧없음, 안타까움. 춤을 추는 듯한 나무. 노래하는 듯한 잎. 나를 매료시키는 초록색.

누가 말을 걸어서 돌아보니 뒤에 조심스러운 느낌의 아저씨가 있었다. 갤러리 오너 같았다. 키가 작고 이마 한복판에 커다란 점이 있었다.

나는 한 번 더 그림을 보았다. 그 초록색은 내게 이렇게 말하고 있다.

---시드니에 오세요. 이곳이 당신을 기다리고 있으니까.

"다녀와봐요."

점박이 아저씨는 셔츠 주머니에서 명함을 꺼내, 뒤에 'Royal Botanic Garden'이라고 식물원 이름을 써주었다. 나는 아무 말도 하지 않았는데, 모든 걸 알고 있다는 표정으로. 명함에는 가로쓰기로 'MASTER'라고만 찍혀 있고, 전화번호도 메일 주소도 없었다.

단 한 장의 그림이 누군가의 인생을 크게 바꾼다. 그런 일은 있을 수 있다고 생각한다.

나는 시드니에 불려갔다.

아르바이트를 해서 돈을 모아 전문대를 졸업하자마자 워킹 홀리데이로 시드니에 왔다.

염원하던 보타닉가든에 발을 들인 순간, '기다리고 있었어'라고 말을 건네는 듯한 기분이 들었다. 아, 이곳에는 나의 초록이 넘치고 있다. 환영해주는 것 같았다. 오랫동안 초록색을 사랑해왔지만, 초록색에 사랑받고 있다고 실감한 것은 처음이었다. 그래서 내게 보타닉가든에서 스케치북을 펼치는 일은 말하자면 초록색과의 데이트다. 이런 얘기, 아무한테도 할 수 없다.

데이트. 그런 말이 떠오르자, 느닷없이 나타난 다정하게 웃는 얼굴의 남자가 갑자기 의식됐다. 그는 20대 후반쯤일까. 더 어린 것 같기도 하고 더 많은 것 같기도 하다.

"다른 것도 보고 싶은데. 괜찮아?"

경어가 없어졌다. 아무한테도 보인 적 없는 스케치북. 하지만 그에게라면 괜찮을 것 같았다.

내가 "응, 봐." 하고 말했는데 그는 직접 넘기지 않고 스케치북을 내게 돌려주었다. 마주 보는 게 아니라 나란히 앉아서 천천히 나의 초록색들을 풀어나갔다.

장소. 계절. 시간대. 눈에 비친 초록, 상상한 초록. 색연필, 파스텔, 물감. 잎의 모양, 동그라미, 네모, 기하학무늬, 한 면에 전부 칠하거나 물로 번지게 하거나 점묘를 한. 나의 초록색. 나와 초록색.

"YOU는 당신 이름?"

그림 끝의 사인을 보고 그가 말했다.

"응."

내 이름은 유(優). 획수가 많아서 균형 있게 쓰기가 어렵다. 필기체로 조그맣게 'You'라고 쓰는 것을 좋아한다.

"당신이라고 부르는 것 같아. 좋네. 사람들이 이 그림 갖고 싶다고 하지 않아?"

"설마. 어딘가에 출품한 적도 없고 난 그저 자기만족으로 그리고 있을 뿐이어서."

아까 '화가군요'라고 해서 '네'라고 대답한 것이 그제야 조금 부끄러웠다.

그의 얼굴이 닿을 정도로 가까이에 있어서 그쪽을 돌아볼 수가 없었다. 아마 그는 미소 짓고 있을 것이다. 나는 고개를 숙인 채 물었다.

"안 물어?"

"응? 뭘?"

"왜 이렇게 초록색만 그리느냐고."

"이유가 필요한가."

그는 몸을 조금 구부리고 고쳐 앉았다. 대수롭잖은 동작이었지만, 얘기하기 편하도록 자세를 바꾼 걸 안다.

"게다가 초록색만이라고 하지만, 이 초록색 속에는 여러 가지 색이 들어 있어. 내게는 전부 다른 색으로 보여. 하나같이 멋져. 기쁜 일도 즐거운 일도 외로운 일도 화나는 일도 사람도 열정도. 전해져. 많이, 많이 그려주었으면 좋겠어."

온화하지만 야무진 말투로 그는 말했다.

"그럼 나는 이대로 괜찮아?"

무심결에 입에서 나온 말에 내가 놀랐다. 닫혀 있다고 생각한 문이 내 목소리를 신호로 열리는 것 같았다. 억누르고 있던 말이 펑펑 쏟아진다.

나는 이대로 초록색을 계속 그려도 될까?

엄마는 줄곧 그런 말을 했어. 넌 어째서 다른 아이들처럼 평범하지 않은 거냐. 아무런 도움도 되지 않는 초록색 그림만 그리고, 초록색만 모으고, 징글징글하다, 어디가 이상한 거 아니냐, 하고. 초등학교 5학년 때, 담임선생님에게 정신 감정을 받는 편이 좋겠다는 말을 듣고 난 뒤로 엄마는 두 번 다시 내게 웃어주지 않았어. 내가 그린 소중한 초록색을 있는 대로 찢어서 버렸어. 하지만 나는 "그러지 마"라고 말하지 못했어. 찢겨서 쓰레기통에 버려진 건 나 자신 같은 느낌이었어. 마음이 굳어진 채 울지도 못하고 그저 보고 있기만 했어. 엄마가 하는 말이 절대적이라고 생각했어. 공부 잘하는 오빠 좀 본받아, 너는 정말 모자란다고. 친구도 없고 이런 거나 그리는 딸을 귀엽게 생각할 수 없다고.

그래서 전문대를 졸업하면 집을 나오고 싶었어. 되도록 멀리 가고 싶었어. 보타닉가든 그림이, 이 초록색이 나를 불러주어서 정말로 기뻤어. 그것이 나의 구원이었거든.

하지만 앞으로 3개월이면 비자가 끊겨. 귀국한 뒤에 나 어쩌면 좋을까?

…………·

………………·

침묵 끝에 그는 깊은 한숨을 쉬더니, 내 머리에 살며시 손을 올렸다.

"정말 슬펐겠다."

톡톡. 달래듯이 두 번 정수리를 건드리더니 손을 펼쳐서 감싸주었다.

"그래도 그리지 않을 수 없었지? 초록색을 좋아하지 않을 수 없었던 거지? 너는 화가니까."

그는 팔을 내리고 그대로 내 손을 잡아주었다.

"그러니까 계속 그려. 너의 초록색을 구원해주는 사람이 있을 거야. 네가 그리는 것은 '너'이고 '당신'이야. 사람들이 제각기 자기한테 딱 맞는 한 장을 발견할 거야. 더 많은 사람에게 보여줘."

나는 울었다. 아직 말을 모르는 유아처럼 울었다. 울고, 또 울고, 울다가 우와아앙 하고 소리 내어, 소중한 양 줄곧 안고 있던 단단하고 무겁고 필요 없는 것을 파괴했다. 마음 어딘가에선 알고 있다. 나는 줄곧 이렇게 하고 싶었다는 걸.

이것으로 나는 진짜로 자유로워졌다.

그는 내 손을 한 번 더, 힘주어 잡더니 내 이마에 조심스럽게 키스했다.

모르는 사람인데 조금도 싫지 않았다. 그뿐만 아니라, 전부터 줄곧 알고 지낸 것처럼 느껴졌다. 쑥스러워서 그를 볼 수가 없었다.

카운트다운까지는 아직 시간이 있다. 하지만 나는 새로운 해를 축하하는 입맞춤을 한 걸음 먼저 그에게 받았다.

그는 내 손을 자연스럽게 놓으면서 말했다.

"고마워."

사랑해주어서.

그렇게 들린 느낌이 드는 것은 이명이었을까.

그가 주워준 손수건으로 눈물로 엉망이 된 얼굴을 닦았
다. 그제야 마음이 편안해졌다. 그러고 보니 그의 이름을
묻지 못했다는 사실을 깨닫고, 나는 미소를 지으면서 얼굴
을 들었다.

하지만 그곳에는 아무도 없고 바람이 살랑살랑 무성한
나뭇잎을 흔들고 있을 뿐이었다.

8

랄프 씨의 가장 좋은 하루

Orange/Sydney

그 작은 샌드위치 가게는 보타닉가든 옆에 있습니다.
가게 앞의 오렌지색 차양과 간판에는 흰 글씨로 'Ralph's
Kitchen'이라고 쓰여 있습니다. 랄프, 주인의 이름입니다.

랄프 씨는 매일 아침 오렌지색 앞치마를 하고, 허밍을
하면서 영업 준비를 합니다. 햄, 양상추, 토마토, 훈제연어.
잘게 다진 삶은 달걀은 마요네즈 듬뿍과 머스터드 살짝 넣
어서 버무리고. 오늘은 어떤 손님이 올까. 아침 햇살을 맞
으며 랄프 씨는 두근두근 상상합니다.

이제 곧 마흔이 되는 랄프 씨는 나이보다 좀 노안일지도
모릅니다. 볼록 나온 배, 얼마 남지 않은 머리카락, 아재개

그. 손님에게는 항상 큰소리로 "굿다이!" 하고 윙크하는 랄프 씨. 호주 억양의 '굿다이(GOOD DAY)'는 "안녕하세요"이기도 하고 "좋은 하루를!" 하는 격려. 그 말을 듣는 사람은 감기가 나은 듯 상쾌한 기분이 듭니다. 자기의 짧은 한 순간을 랄프 씨가 진심으로 소중히 여겨주는 마음이 전해지기 때문입니다. 랄프 씨의 햇살처럼 웃는 얼굴에는 그때마다 진심이 가득 담겨 있거든요.

랄프 씨에게 부인은 없습니다. 여자친구도…… 예전에 좋아한 사람은 있었다고 합니다만. 그렇게 활달하면서 여자 사람에게는 말도 안 되게 수줍음을 타요. 마음을 털어놓지도 못했는데 만나지 못하게 되어 그걸로 끝나버렸대요.

집안일이 특기인 랄프 씨는 혼자 사는 건 그리 힘들 것 없지만, 베란다에 꽃이 피었을 때, "이것 좀 봐!" 하고 말할 상대가 없는 것이 좀 쓸쓸했습니다.

Ralph's Kitchen은 원래 랄프 씨 아버지가 하던 빵 가게를 개장한 것입니다. 랄프 씨는 학교를 졸업한 뒤 은행에 취직했는데, 3년 전, 아버지가 시내 한복판에 더 큰 가게를 내게 되어 랄프 씨는 은행을 그만두고 이쪽을 물려받았습니다.

랄프 씨는 돈을 세거나 관리하는 일도 싫지 않았습니다. 하지만 지금은 손님들과 친구처럼 친해지기도 하고 "오늘 토마토는 윤기가 나는 미인이네", "더워질 것 같으니 시원한 레모네이드를 넉넉히 준비해둬야지", "냅킨 디자인을 좀 바꿔볼까" 등등, 숫자가 아니라 자기가 느낀 대로 일하는, 이런 날들이 즐거워 견딜 수가 없습니다. 뭐랄까, 체질에 맞는다고 할까요. 물론 은행에서의 경험은 돈 계산이나 예산 짜는 데 큰 도움이 되고 있습니다.

오렌지색은 랄프 씨와 이 가게의 트레이드 컬러였습니다. 여기에는 약간의 추억이 있죠.

은행에 근무하던 3년 전, 랄프 씨는 아파트 옆집에 살던 신디라는 여성을 좋아했답니다. 신디는 예쁘고 총명했어요. 랄프 씨보다 열다섯 살쯤 연하였죠. 랄프 씨는 신디가 어떤 일을 하는지 잘 몰랐습니다. 신디네 집에서는 현관문이 열려 있을 때나 더운 날 창문이 열려 있을 때면 부드럽고 달콤한 향이 흘러나왔습니다. 그 향을 맡으면 랄프 씨는 평화로움에 가득 차서 황홀하여 눈을 감았습니다. 꽃인지 향수인지 과일인지, 다인 것 같기도 하고 다 아닌 것 같기도 한, 참으로 매력적인 향이었어요. 그러나 랄프 씨는 아파트 입구나 길에서 우연히 신디 씨를 만나도 그 향의

출처를 묻지 못하고, 시시한 농담이나 해서 신디 씨를 웃겨주기만 했습니다.

어느 겨울 아침, 랄프 씨가 출근하려고 아파트를 나가니 신디가 부츠 끈을 고쳐 묶고 있었습니다.

"안녕, 랄프."

앉은 채 얼굴을 든 신디는 연꽃이 핀 듯 화사하게 웃었습니다. 랄프 씨는 완전히 얼어서 "오늘은 아침 일찍 나가네?"라고 하는 게 고작이었습니다.

"응, 버스 타려고. 랄프는 역까지?"

신디가 일어서서 자연스럽게 나란히 걷게 됐습니다. 처음에는 뭔가 재미있는 얘기를 하려고 애썼지만, 랄프 씨는 점점 수줍어져서 말없이 고개를 숙였습니다. 그러자 신디는 어색한 분위기를 풀듯이 들뜬 목소리로 이렇게 말했습니다.

"있지, 심리테스트야. 무슨 색 좋아해?"

갑자기 물어서 랄프 씨는 당황했습니다. 그러나 코를 간질이는 달콤한 향에 이끌리듯이 '오렌지색'이라고 대답했습니다.

"왜?"

고개를 갸웃거리는 신디는 어찌나 귀여운지. 랄프 씨도 따라 웃으며 대답했습니다.

"즐거운 색이니까. 빨간색만큼 자기주장이 강하지 않고 노란색만큼 기발하지 않고. 사람을 밝게 맞이해주고 건강하고 유쾌한 기분이 들게 해주니까."

신디는 순간, 눈을 깜박이더니 "아, 그러네." 하고 미소를 지었습니다.

"이건 있잖아, '되고 싶은 나'라는 거래. 무슨 색을 골랐나 하는 것보다 그 이유 쪽에 해답이 있어. 저기, 랄프. 지금 당신이 말한 오렌지색은 '되고 싶다'기보다 그야말로 당신 그 자체인걸."

신디는 어딘가 만족스러운 듯이 말했습니다. 어떻게 대답할지 랄프 씨는 머리를 굴렸습니다만, 적당한 말이 떠오르지 않습니다. 이마에 땀이 송골송골한 채 생각하고 있는데, 버스정류장에 도착했습니다.

신디가 버스정류장에 줄을 서서 랄프 씨도 왠지 그냥 가기 아쉬워서 말없이 신디 옆에 있으니 바로 버스가 왔습니다. 뭔가, 뭔가 말을 해야 하는데. 그러나 먼저 말을 한 것은 신디였습니다. 신디는 작은 목소리로, 그러나 단호히 이렇게 말했습니다.

"오렌지색을 표시로 할래."

응? 표시? 그건 대체 무슨?
"또 봐요, 오렌지 씨."
멍하니 입을 벌리고 있는 랄프 씨의 대답도 기다리지 않고 신디는 버스를 타고 가버렸습니다. 그리고 얘기도 하지 못한 채 그가 이사했다는 말을 다른 주민에게 들은 것은 그다음 주의 일이었습니다.

그 후 반년도 지나지 않아 랄프 씨는 샌드위치 가게를 하게 됐습니다. 비슷한 시기에 아파트도 철거가 결정됐습니다. 어차피 낡은 건물이어서 어쩔 수 없습니다.

그 말을 들었을 때는 '혹시 신디가 돌아왔을 때 내가 있는 곳을 모르지 않을까' 하고 쓸쓸한 마음이 들었습니다. 아파트는 신디와 랄프 씨를 잇는 유일한 장소입니다.

랄프 씨는 후회했습니다. 부끄러워하지만 말고 얘기했더라면 좋았을걸. 설령 바라는 대로 되지 않더라도 좋아한다고 말하면 됐을걸. 다시 한 번 만난다면 꼭 마음을 전할 수 있을 텐데.

하지만 이내 "뭐어야, 괜찮아." 하고 소리 내며 웃었습니다. 그가 '표시'라고 한 오렌지색을 가게의 트레이드 컬러로 하려고 마음먹었기 때문입니다.

실제로 오렌지 차양도 간판도 앞치마도 정답이었습니다. 지역 사람들에게는 'Ralph's kitchen'이 아니라 '오렌지 가게'로 불렸습니다. 랄프 씨는 그걸 환영했습니다. 가게 이름이 아니라 오렌지색이 랄프 씨의 표시라는 것을, 아주 자랑스럽게 생각했습니다. 이 밝은 오렌지색을 향해 배가 고픈 사람들이 샌드위치를 사러 온다. 그렇게 생각하니 몸 한복판에서 끓어오르는 기쁨이 날개가 되어 등에 돋아 파닥파닥 날갯짓하는 듯한 기분이 들었습니다.

"신디 덕분이야."

폐점 후 청소를 마친 랄프 씨는 신디를 떠올리며 카운터 의자에 앉아 눈을 감았습니다. 신디의 담쟁이처럼 긴 머리 칼과 건드리면 톡 터질 듯한 하얀 피부를 떠올리니 저절로 뺨이 벙글어졌습니다.

살랑. 그 그리운, 부드럽고 달콤한 향이 나는 것 같은 느낌이 들어서 랄프 씨는 눈을 감은 채 깊이 숨을 들이마셨습니다.

"찾았다."

어, 오늘은 환청까지 들리네……. 랄프 씨는 재미있어서 후후후, 하고 웃고는 천천히 눈을 떴습니다.

랄프 씨 앞에 3년 전보다 조금 어른스러워진 신디가 서 있었습니다. 오르골 뚜껑을 열면 튀어나오는 인형처럼, 느닷없이.

"오랜만이야, 랄프."
"신디? 진짜 신디야? 말도 안 돼."
"진짜야. 영국에 갔다가 어제 시드니로 돌아왔어."

하고 싶은 말은 산더미 같았습니다. 랄프 씨는 그중에서 두 번째로 묻고 싶은 것을 물었습니다.
"신디는 무슨 색 좋아해?"
신디는 망설임 없이 대답했습니다. 마치 물을 줄 알았다는 것처럼.

"터쿼이즈 블루(밝은 청록색을 띤 터키석 색—옮긴이)."

"왜?"

"신비롭잖아. 마법을 사용할 수 있을 것 같고. 이를테면 당신이 오렌지색 속에서 나를 기다리다 웃는 얼굴로 맞아 주듯이."

아, 터쿼이즈 블루. 그거 좋네. 신디 그 자체야. 랄프 씨는 끄덕였습니다. 신디는 살며시 다가와서 랄프 씨 앞치마 자락을 장난스럽게 당겼습니다.

"내 마법, 잘 걸렸으려나."

랄프 씨는 엉겁결에 팔을 활짝 벌려서 신디를 덥석 껴안았습니다. 수줍어지기 전에.

"걸렸어. 너무 과할 정도로 걸렸어."

신디는 얼굴을 살짝 들었습니다. 그리고 일등 메달을 딴 것처럼 의기양양하게 웃어 보이곤, 랄프 씨의 가슴에 머리를 묻었습니다.

신디의 향이 랄프 씨 몸에 스며드는 것 같았습니다. 랄프 씨는 자기가 웃고 있는지 울고 있는지 모르는 채, 한 번 더 신디를 꼭 껴안고 이렇게 말했습니다.

"그 마법, 풀지 말아줘. 앞으로도 계속."

석양이 창으로 들어왔습니다. 굿다이, 랄프 씨. 오렌지
색이 두 사람을 비추며 축복하고 있다는 것을 랄프 씨가
깨달으려면 좀 더 시간이 걸릴 것 같습니다.

9

돌아온 마녀

Turquoise/Sydney

나는 마녀가 되고 싶었다. 시드니의 킨더가든(유치원)에서 알파벳을 배울 무렵부터 그 생각만 하며 살았다. 어떻게 하면 마녀가 될 수 있는지도 모르고 아무도 가르쳐주지 않았지만, 꼭 될 수 있다고 믿었다.

　빗자루를 타고 하늘을 나는 것도, 지팡이를 휘둘러서 자유자재로 물건을 바꾸는 것도 훈련하면 할 수 있을 것 같았다. 하지만, 나는 '묘약'을 만드는 데 특히 끌렸다. 어두운 방에서 혼자 들꽃이나 나무 열매를 으깨서 내 식으로 섞어서 어떤 효력이 있을지 몽상했다. 운동회 전날, 자신 있게 만든 '달리기를 잘하는 약'을 먹고 배탈이 나서 엄마한테 죽도록 혼난 적도 있다. 침대에 누워서 "잘못했어."

하고 엄마에게 말했다. 엄마는 "알면 됐어." 하고 뺨을 쓰다듬어주었다. 분명히 '이제 안 할게'란 의미로 받아들였을 것이다. 그러나 나는 엄마가 배를 문질러줄 때 이렇게 생각했다.

'섞는 비율이 잘못된 거야. 다음에는 잘해야지.'

처음으로 나를 이끌어준 사람은 그레이스 선생님이다. 초등학교 때 특별 수업으로 하이킹을 하러 갔다. 대학에서 식물학을 연구하는 그레이스 선생님은 이때 초대 강사로 함께 참가했다. 그리고 걸어가면서 꽃 이름과 먹을 수 있는 열매를 우리에게 가르쳐주었다. 도중에 돌부리에 걸려 넘어져서 무릎이 까진 친구가 있었다. 그레이스 선생님은 휙 사라지더니 어디선가 잎을 따서 돌아왔다. 가볍게 으깨서 상처에 갖다 대고 'CHICHIN PUIPUI'라고 했다. 치칭 푸이푸이. 그 발음이 웃겨서 아이들이 까르르 웃었다. 다친 아이까지 울음을 그치고 웃는 걸 보고 나는 생각했다.

마법이다. 그레이스 선생님은 마녀였어.

나는 다른 아이들과는 다른 의미에서 웃음이 멈추지 않아, 하이킹을 마칠 때까지 줄곧 선생님만 보고 있었다. 도시락을 먹을 때조차 쿡쿡 웃고 있어서 친구들이 재수 없어했다.

그레이스 선생님은 등이 꼿꼿하고 아무렇게나 묶은 머리칼 사이로 보이는 귓불에는 예쁜 스톤 피어싱이 박혀 있다. 하이킹을 해산한 뒤, 나는 선생님에게 살짝 물었다.

"선생님, 질문이 있어요."
"응, 뭐니, 신디?"

자기소개 때 한 번밖에 말하지 않은 이름을 선생님이 기억해주고 있다는 데 놀라면서 나는 말을 계속했다.
"그 잎은 뭐예요?"
선생님은 "아아" 하고 함박웃음 짓더니 윙크를 했다.

"마법의 나뭇잎이란다. 다친 사람을 건강한 상태로 돌려주지."

역시!
나는 기뻐서 잽싸게 물었다.

"그럼 그 재미있는 말은요?"
"치칭푸이푸이? 그건 일본인 친구가 가르쳐준 거야. 멋진 세계로 바뀌는 주문. 귀엽지?"

"너무너무요!"

나는 심호흡을 한번 한 뒤, 과감하게 물었다.

"선생님은 마녀예요?"

선생님은 순간 내 얼굴을 보더니, 바로 '쉿' 하고 검지를 입술에 대며 미소 지었다.

"비밀이야."

나는 뛰어오를 듯이 기뻤지만, 그날 이후 그레이스 선생님은 만나지 못했다. 특별 수업에서도 캠프에서도 그레이스 선생님이 아닌 다른 사람이 왔다. 나는 그레이스 선생님에게 여러 가지 마술을 더 배우고 싶었는데, 연락처라도 물어두었더라면 좋았을 걸 하고 너무 속상해했다.

그 후로 나는 닥치는 대로 식물도감을 읽고 살균이나 지혈하는 식물이 몇 가지나 있는 것을 알았다. 그뿐만이 아니다. 식물에는 사람을 도울 수 있는 여러 가지 효능이…… 마법이 있었다. 나는 가슴 설레며 그런 유의 책을 탐식하듯 읽고 걸핏하면 식물원에 갔다.

그리고 한 가지 더, 선생님의 귀를 장식했던 스톤이 터키석이란 것을 비교적 이른 단계에 알았다. 앤티크숍 쇼윈도에서 그 스톤으로 만든 목걸이를 발견한 것이다. 라벨에 쓰인 'turquoise'라는 글씨를 유리 너머로 몇 번이나 읽었다. 조사해보니 터키석은 신기한 돌이었다. 옛날부터 마술이나 의식에 사용됐으며 부적으로 인류에게 사랑받아온 돌. 정령과 우주를 잇는다고 믿어온 돌. 나도 터키석을 즐겨 몸에 지니게 됐다. 마녀가 되기 위해. 터쿼이즈 블루는 나의 색이다. 왠지 그런 생각이 강렬히 들었다.

고등학교 때, 일본인 여자아이와 같은 반이 됐다. 그 아이는 교환학생으로 1년 동안만 시드니에 머물렀다. 나의 터키석 팔찌를 보고 마코라는 그 아이가 말했다.

"예쁜 색이네. 일본어로는 mizuiro라고 해."

마코는 노트에 그 말을 쓰고 'mizu'는 물이라고 가르쳐주었다. 물색. 물의 색. 그러고 보니 영어로 '아쿠아 블루'라는 표현도 있다. 무색투명한 물에서 우리는 자연스럽게 신비의 색을 발견해낸다.

"그럼 치칭푸이푸이는 알아?"

그렇게 묻자 마코는 즐거운 듯이 웃었다.

"일본인이라면 아마 누구나 알 거야. 아주 강력한 주문이지."

그렇다면 일본인은 모두 마법사다. 그래서 그레이스 선생님에게 친한 일본인이 있구나, 하고 납득했다.

식물에 관해서 계속 연구하던 나는 아로마 요법에 이르렀다. 교과서에도 중세 유럽에서는 약초나 향초를 잘 다루는 사람은 마녀라고 추방했다고 나와 있다. 나는 그 슬픈 역사를 생각했다. 선배 마녀들이 박해받으면서까지 후세에 남기려고 한 이 마술을 올바르게 계승해서 살려야 한다. 고등학교를 졸업하자마자 자격증을 따서 아로마살롱에서 인스트럭터로 일했다. 나처럼 호기심 많은 학생들에게 식물의 힘을 전수하는 일은 너무나 값지고 즐거웠다.

살롱에서 5년쯤 일했을 무렵, 인터넷으로 검색하다가 우연히 그레이스 선생님이 영국의 아로마 학원에서 강사를 하고 있다는 사실을 알게 됐다. 지금부터 3년 전의 일이다. 초등학교 하이킹 때보다 나이를 먹은 한 장의 사진과 이름밖에 단서는 없었지만, 그레이스 선생님이 틀림없다는 걸 알았다. 아로마 학원에 메일로 문의했더니 그레이스 선생님 본인에게 답장이 왔다. 괜찮다면 영국으로 오라고. 그래서 살롱을 그만두고 영국으로 건너가기로 마음

먹었다.

단 하나의 미련은 아파트 옆집에 사는 랄프를 좋아하는 것이었다.

랄프는 열다섯 살 연상의 은행원이었다. 통통하고 키가 작고 머리숱이 적다. 그의 콤플렉스 같은 것이지만, 나는 너무 귀여웠다. 동글동글한 몸에 가득 담긴 넉넉한 애정. 그것이 웃는 얼굴에 녹아 있어서 보고 있기만 해도 마음이 편안해진다. 밖에서 보이는 베란다에는 언제나 정성이 담긴 사랑스러운 꽃이 심겨 있고, 저녁 식사 때에는 혼자여도 제대로 요리하는 냄새가 났다. 거리에서 길을 헤매는 할머니가 있으면 시시한 아재개그로 웃기면서 목적지까지 함께 가주는 사람이었다.

누구에게도 빼앗기지 않고 싶은 마음을 느끼고 있었지만, 말하지 않았다. 시드니를 떠나는 것도. 왜냐하면 언제 돌아올지 모르니까.

그 대신, 마법을 걸었다.

영국에 가기 직전, 나는 예전부터 연구하던 묘약을 완성했다. 이랑이랑(이랑꽃에서 채취한 정유—옮긴이)유, 로터스 에센스, 수선화 꽃잎, 나의 입김, 만월의 달빛…… 나머지는 비밀. 그것을 로즈 특제 플로랄워터에 섞어서 내 머리 부터 발끝까지 듬뿍 뿌렸다. 그리고 아파트 아래에서 출근 전의 그를 기다렸다가, 우연인 척하고 버스정류장까지 함께 걸어가는 데 성공했다.

"무슨 색 좋아해?" 하고 자연스럽게 얘기 하면서 나는 머리칼을 흔들기도 하고, 얼굴을 들이대기도 하며 열심히 그에게 묘약의 입자가 날아가도록 애썼다. 오렌지색을 좋아한다니, 그에게 너무나 잘 어울리는 사랑스러운 색을 말해서 심쿵했을 때 문득 눈앞에 그가 오렌지색 앞치마를 하고 즐겁게 샌드위치를 만드는 광경이 영화 예고처럼 나타났다. 2, 3초 만에 그것은 사라졌지만, 아, 이 사람, 지금은 은행원이지만 머잖아 샌드위치 가게를 하는구나, 하는 걸 알았다. 이런 경험은 처음이었지만, 나는 놀라지 않았다. 진심으로 사랑하면 누구나 이 정도의 마력은 발휘할 수 있다는 걸, 어렴풋이 알고 있었다.

다시 돌아오면 오렌지색 샌드위치 가게를 찾아가야지.

나를 기다려줘요, 랄프.

나는 헤어질 무렵, 그에게 "오렌지 씨"라고 부르며 아까 본 미래를 봉인하여 버스 탈 때 눈치채지 않도록 '치칭푸이푸이' 하고 주문을 걸었다.

영국에서 그레이스 선생님과 재회한 나는 학원에서 한 층 깊이 아로마 공부를 했다. 그레이스 선생님은 나를 잘 기억하고 있어서 강의 외에 사적으로 이것저것 가르쳐주었다. 자원봉사로 의료시설을 돌기도 하고, 삼림 보호 활동에 참여하기도 하고, 그레이스 선생님을 도우면서 나는 사람과 사람, 자연과 생물이 어떤 식으로 관련됐고 어떻게 서로 돕는지 몸으로 배웠다. 이 세상에서 숨을 쉬는 것은 모두가 이어져 있었다. 그것을 아는 것, 생각하는 것, 그리워하는 것, 바라는 것, 실행하는 것. 그것이 그레이스식 마술을 습득하는 데 필요한 과목이었다.

수료증을 손에 쥐었을 때, 그레이스 선생님은 이렇게 말하며 웃었다.

"너도 이제 어엿한 마녀가 됐구나, 신디."

멋진 세계로 바꾸는 마법. 나는 이제 여러 가지 상황에 그것을 걸 수 있다.

아픈 사람에게 웃는 얼굴을 되찾아주고, 미워하는 마음에서 무기를 빼앗고 포옹을 주고, 잠들지 못하는 밤에 다정한 꿈을 꾸게 해준다.

영국에서 수행을 마치고 온 나는 지금부터 시드니에서 새로운 생활을 시작한다. 터키석을 지니고, 아로마를 구사하고, '치칭푸이푸이' 하고 주문을 외면서 세계를 밝게 바꾸어갈 것이다. 해님 같은 오렌지색 앞치마를 두른, 귀여운 남자친구 옆에서.

10

당신을 만나지 않았더라면

Black/Sydney

'눈을 희번덕거린다.' 라고 쓰다가 나는 '앗' 하는 소리를 냈다.

출판사에서 의뢰받은 영국 그림책을 번역하는 중이다. 주인공은 파란 눈의 서양인이다. 깜짝 놀라는 모습을 표현하고 싶었지만, 파란 눈인데 희번덕거린다는 건 이상하다.

"내 눈이 까만 동안은 그런 것 용서할 수 없어!"라는 것도 통하지 않는다. 휴우, 하고 한숨을 쉬다 나는 피식 웃었다. 일본어 좋아하는 그레이스에게 가르쳐주어야겠다고 생각했다.

단 하나의 별에서 색과 크기는 다르지만 모양은 같은 인간이라는 동물이 어째서 이렇게 다른 말을 사용하는지, 서른여섯 살이 된 지금도 신기하기 이를 데 없다. 말만 이해할 수 있다면 많은 일이 부드럽게 흘러갈 텐데. 하지만 나는 신이 지구인의 커뮤니케이션을 좀 성가시게 만들어준 데 감사한다. 영어와 일본어가 한꺼번에 내 속에 들어와서 나의 말로 변환되어 바깥세상으로 뛰쳐나가는 번역의 기쁨을 이 인생에 부여해주었으니.

내가 번역가가 되고 싶다고 생각한 것은 열네 살 때다.

도쿄의 변두리에서 벗어난 적 없었지만, 나는 해외 아동문학을 아주 좋아했고, 학교에서는 영어 시간을 가장 기다렸다. 사람들 앞에서 말을 하고 즉석에서 재치가 있어야 하는 통역보다 혼자서 찬찬히 문장을 대하는 번역을 하고 싶었다.

그런 희망 사항에 박차를 가한 것이 그레이스와의 만남이다.

나는 중학교 때 영어 동아리에 들어갔다. 어느 날, 고문 선생님이 국제교류 활동의 하나로 해외 자매교 학생과 펜팔할 수 있는 펜팔 리스트를 갖고 왔다. 모르는 나라의 모르는 아이와 편지를 주고받는다는 것은 얼마나 로맨틱한가. 나는 설레는 마음으로 리스트를 보았다. 나라와 이름과 나이, 그리고 간단한 메시지가 실려 있었다. 미국, 캐나다,

싱가포르. 한 사람씩 찬찬히 읽어나갔다.

　호주의 그레이스, 14세. 나는 그의 자기소개를 읽고 어
쩔했다.

　'I can talk with flowers.(나는 꽃과 얘기할 수 있어요)'

　재미있는 말을 한다. 내 주변에 이런 아이는 없다.

　그레이스와 나눈 수많은 편지는 내 소녀 시절을 너무나
풍요롭게 해주었다. 그레이스는 정말로 꽃과 나무와 얘기
를 한다. 물을 마시고 싶다거나 햇볕이 부족하다는 등 식물
이 원하는 것을 알아차리는 건 물론, 내일은 비가 온다고 가
르쳐주기도 하고, 단순한 잡담도 즐겼다. 엄마와 싸운 일,
좋아하는 남자친구가 생긴 일, 일본인 여자아이(즉 나)와 펜
팔을 시작한 일…… 그레이스는 식물과 자주 얘기를 나누
고 그들이 어떻게 대답했는지 내게 편지로 알려주었다.

　좋겠다, 하고 나는 생각했다. 나는 모르는 식물의 말을
그레이스는 이해하고 자기의 문장으로 써서 전해준다. 그
것이야말로 '번역'이었다. 읽고 있는 나도 즐겁지만, 그레
이스는 더욱더 즐거울 것이다.

　그레이스와 식물의 관계는 어른이 돼도 변함없었다. 그
레이스는 그 능력을 버거워하지도 질리지도 않고 아로마
나 허브를 통해 식물에게 받은 은혜에 감사하면서 사람들

의 생활에 도움을 주고 있다.

줄곧 펜팔을 계속한 우리는 스무 살 때 드디어 만났다. 내가 대학교 여름방학 때 시드니를 찾은 것이다. 공항에 마중을 나온 그레이스는 내 얼굴을 보는 순간 "어머나, 까만 눈동자. 너무 예쁘다." 하고 몇 번이나 칭찬했다. 시드니에서 일본인을 보는 건 그리 드문 일도 아닌데, 그레이스는 거듭 내 까만 눈동자를 칭찬했다. 그레이스의 눈동자도 투명하고 옅은 갈색으로 아주 예뻤다.

"아쓰코의 까만색은 다른 사람과 달라. 네 눈동자에는 얼룩이 없어. 그래서 여러 가지 것이 또렷하게 비쳐. 사람들이 미처 보지 못하는 것들도 너한테는 잘 보일 거야."

내 눈, 지금까지 좋아한 적도 싫어한 적도 없다. 하지만 그레이스의 말을 듣고 나니 왠지 내게도 특별한 힘이 있을 것 같은 느낌이 들어서 용기가 솟았다.

대학교에서 영문학을 전공하고 졸업한 뒤, 나는 작은 번역회사에 취직했다. 그곳에서는 수입품 설명서나 기계 매뉴얼을 번역하는 것이 주요 업무였다. 엄연한 번역직에 취업했다고 할 수 있다. 긍지가 없는 건 아니었다.

하지만 역시 문학 번역을 하고 싶었다. 번역가로서 책을 출판하고 싶었다.

번역가가 되는 길은 험난했다. 공모를 발견할 때마다 도전했지만, 문학 번역 공모에는 매번 떨어지기만 했고, 어쩌다 가작으로 걸려도 번역가가 될 수는 없었다.

몇 번이나 낙선했지만, 그 아픔에 익숙해지지 않았다. 언제나 '이번에야말로' 하고 도전했으니까. 우편으로 보낸 번역 원고는 그냥 종이 쓰레기가 되고, 이메일로 보낼 때는 마치 처음부터 아무것도 없었던 것처럼 소비한 시간과 노력과 열정이 사라진다. 대상 당선자의 번역을 읽을 때마다 나와 뭐가 다를까 하고 한숨쉬었다.

그래도 그레이스는 나 이상으로 내가 번역가가 될 거란 걸 믿어 의심치 않았다.

"아쓰코의 꿈은 꼭 이루어질 거야. 분명히 훌륭한 번역가가 될 거야. 내가 보장해." 하는 것이 그레이스의 말버릇이었다. 그 말이 얼마나 든든했는지 모른다. 그레이스가 그렇게 말한다면 그렇게 될지도 모른다고, 나는 그레이스를 믿는 것으로 나의 미래에 희망을 가질 수 있었다.

한 해에 한 번, 그레이스를 만나기 위해 시드니에 가던 중에, 인테리어 디자이너 마크를 만났다. 그에게 떠밀리듯이 해서 5년 전, 서른한 살에 전격적으로 결혼했다. 그의 열정에 움직인 건 아니다. 어느 쪽인가 하면 'No, worries!(문제없어!)' 하는 거만한 오지(호주 원주민) 기질에 넘어간 것이다. 사람들 앞에서 이벤트를 하는 건 내키지 않아서 결혼식은 올리지 않은 채 시드니에서 살게 됐다.

내가 할 만한 일을 찾지 못해서 한동안은 도서관에 다녔다. 호주에도 아직 일본어로 번역되지 않은 훌륭한 책이 많이 있었다. 나는 미친 듯이 읽고는 어디에 보낼 것도 아닌데 그저 번역 충동으로 나의 말로 변환하여 노트에 계속 옮겼다.

시드니에 온 뒤, 나는 마크가 질투할 정도로 그레이스와 즐거운 시간을 보냈지만, 그레이스는 그 후 얼마 되지 않아 아로마 요법을 연구하기 위해 영국으로 가버렸다.

이메일로 순식간에 마음을 전할 수 있게 된 뒤로, 우리는 이제 항공우편을 쓰는 일은 거의 없다. 인터넷이 보급된 덕분에 같은 방에 있는 것처럼 그레이스를 가깝게 느꼈다.

아무리 해를 거듭해도 그와의 얘기는 끝이 없다. 열네 살 때 우편함에 봉투가 들어 있기를 간절히 기다렸듯이 나는 지금도 두근거리면서 이메일함을 연다.

2년 전, 그레이스가 '웨딩드레스를 입은 아쓰코가 식물에 둘러싸여 있는 꿈을 꾸었어.' 하고 메일을 보냈다.

"당장이라도 보타닉가든에서 결혼식을 올리기를 바라. 너뿐만 아니라 많은 사람의 세계가 열리니까."

식물의 예언이었던 것 같다. 사람들과 사귀는 걸 잘 못해서 시드니에 와서도 친구가 생기지 않은 나는 망설였다. 그러나 생각해보니, 일본에서 결혼식을 하면 친척이나 지인들이 엮여서 더 성가셔진다. 부모님에게는 드레스 입은 신부 모습을 보여주는 것도 효도이고, 해외 웨딩이어서 가까운 가족만 초대한다는 변명도 된다.

나는 부모님과 소꿉친구인 피짱, 그리고 그레이스, 네 명만 불러서 시키는 대로 보타닉가든에서 조촐한 결혼식을 올렸다.

소중한 사람들과 입회인뿐인 소박한 결혼식은 예상 이상으로 즐거웠다. 무엇보다 그레이스가 와준 것이 기뻤다. 그 무렵 핸드메이드 란제리 가게를 꿈꾸고 있던 피짱은 그레이스에게 "블루는 성모 마리아의 색이에요"라는 말을 듣고 감동했다. 언젠가 마리아 블루 란제리를 만들고 싶다고 피짱은 말했다.

마크의 초대 손님은 대체로 흥겨운 호주인들뿐이었지만, 그중에 한 사람 점잖아 보이는 연배의 일본인 남성이

있었다. 아마 쉰 살은 넘었을 것이다. 이마 한복판의 점이
유난히 돋보였다.

마크는 그를 발견하자마자 강아지처럼 달려가서 내게
소개했다.

"내가 신뢰하는 비즈니스 파트너야. 마스터라고 해."

"마스터?"

"응. 호주 대학원에서 석사 학위를 갖고 있으니까."

마크가 그렇게 말하자 마스터는 빙그레 웃었다.

"이유는 그것뿐만이 아니지만, 마스터라고 불러주는 것
을 좋아합니다."

그는 일본과 시드니를 오가면서 폭넓게 일을 하는 것 같
다. 마크와는 가게나 빌딩 공간에 디자인 일을 하느라 알
게 됐다고 한다.

"왜 작년에 오픈한 인기 샌드위치 가게. 아쓰코도 좋은
가게라고 했잖아. 그것도 같이한 거야."

그거라면 알고 있다. 명랑한 아저씨가 혼자 하는 오렌지
가게다.

"고향은 어디세요?"

마스터가 유창한 영어로 내게 물었다. 마크를 배려한 것
이리라.

"도쿄입니다."

"아, 도쿄. 나도 지금은 도쿄에 살지만 본가는 교토랍니다. 작은 화랑을 하고 있어요. 다음에 마크한테도 그림을 출전해달라고 할까나. 마크 그림은 취미로 하기에는 너무 아까울 정도로 훌륭해요."

마크는 크게 끄덕였다.

"좋아. 오늘 이 보타닉가든을 그림으로 그릴래!"

내가 번역가를 꿈꾸는 것을 안 마스터는 경력도 제대로 묻지 않고 일본의 출판사를 소개해주었다. 처음에는 하청을 받아서 일했지만, 내 번역이 마음에 든 편집자가 종종 번역 일을 의뢰하게 됐다.

한번은 편집자에게 번역하고 싶은 책이 있다고 과감히 제안했다. 의외로 일은 순조롭게 진행되어 지난달, 내가 번역한 호주의 동화책이 일본에서 출판됐다. "힘든 시절이 길었지만, 이곳에 와서 급전개를 하네." 하고 마크는 말했다. 하지만 그건 아닌지도 모른다. 힘들었던 게 아니라 내가 번역가가 되기 위해서는 이만큼의 시간과 경험이 꼭 필요했을 것이다.

책 표지에 내 이름이 있다. 나는 몇 번이고 몇 번이고 손가락으로 더듬고, 뺨에 대고, 잉크 냄새를 맡고는 이 세상에 태어난 책을 꼭 껴안았다.

그레이스는 누구보다 기뻐해주었다. "이렇게 될 줄 알고 있었어." 하고 말했다. 그건 그렇다. 그레이스는 열네 살 때부터 이날을 예언했으니.

그레이스를 만나지 못했더라면 나는 번역가가 되지 못했을지도 모른다. 그리고 이렇게 시드니에서 사는 일도 절대로 없었을 것이다.

3월의 시드니는 더위도 가시고 상쾌했다.

시드니만에 면한 서큘러키의 오픈 카페에서 노트북을 펴고 그레이스에게 메일을 쓰고 있는데 문득 시선이 느껴졌다. 옆 테이블에 있던 블론드 머리의 젊은 여성이 나를 보고 있다. 그녀의 손가에는 편지지와 봉투가 있고, 누군가에게 편지를 쓰는 것 같았다. 흘끗 본 첫머리에 'Dearest Mako'라고 쓰여 있다.

눈이 마주쳐서 미소를 짓자, 그녀는 앗 하고 고개를 움츠렸다.

"미안합니다. 빤히 봐서. 일본인 친구가 생각나서 그만."

"그 친구에게 편지를 쓰고 계시는군요."

"네. 옛날에 우리 집에서 홈스테이했던 아이예요. 지금은 메일로 다들 하지만, 우린 편지를 좋아해서."

"이해 가요. 좋죠, 편지."

그녀는 부드럽게 끄덕이더니 바다로 시선을 보냈다. 오가는 페리호 너머에 하버 브리지가 보인다.

"그 친구를 만나지 않았더라면 저는 지금 살아 있지 않았을지도 몰라요."

블론드 머리를 흔들면서 그가 말했다. 깜짝 놀라서 얼굴을 보자 그는 살짝 고개를 숙였다.

"좀 아팠거든요. 하지만 위험한 순간에 그 친구가 구해주었어요."

"세상에. 친구분은 의사 선생님이세요?"

"아뇨…… 전생부터 알던 사이에요."

전생.

내가 어리둥절하자 그는 빙그레 웃으며 편지 세트를 가방에 넣었다.

"이런 얘기 들어주셔서 감사해요."

"저야말로 멋진 얘기였어요."

나는 인사를 했다. 블론드의 그는 우아하게 떠나갔다.

전생이 있다면 역시 나와 그레이스도 깊은 인연이었을 것이다. 영어에 빠져 있던 나는 영어권 사람이었을지도 모르고, 일본 애호가인 그레이스는 일본인이었을지도 모른다. 그런 걸 확인할 방법은 없지만, 그렇게 생각하니 이해가 갔다.

"기다리게 해서 미안, 아쓰코."

마크가 왔다. 근처에서 볼일이 있는 그와 이 카페에서 만나기로 한 것이다.

뒤에 마스터도 따라왔다. 내일 시드니에서 대규모 아트 디자인 이벤트가 있어서 그도 일하려고 와 있다. 오늘은 초저녁부터 관계자가 모이는 전야제 파티가 있어서 나도 함께 초대받았다.

"음료수 사올게."

마크가 마스터를 남기고 카페 구석으로 향했다. 나는 일어서서 일본어로 "오랜만입니다." 하고 머리를 숙였다.

마스터는 여전히 허허 하고 사람 좋게 웃었다.

"책, 읽었어요. 좋더군요."

"감사합니다. 마스터 덕분입니다. 경력도 없는 저를 출판사에 소개해주셔서."

마스터는 이마를 긁적거렸다.

"내가 사람 보는 눈은 있어요."

둘이 의자에 앉아 바다를 바라보았다. 참으로 능청스럽고 신기한 사람이다.

"마스터는 직접 그림을 그리지는 않으세요?"

"그리지 않아요. 내 역할은 대단한 힘을 갖고 있지만 묻혀 있는 사람들을 이끌어내서 세상에 전하고 알리는 것이니까. 좋아해요, 꿈이 현실이 되는 일보 직전의 느낌."

마크가 카푸치노 두 잔을 들고 돌아왔다. 셋이서 가볍게 잡담을 나누고 있는데 마크가 문득 생각난 듯이 말했다.

"아 참, 거래처가 패딩턴에 있어서 아까 다녀왔는데."

파딘톤은 동네 이름이다. 매주 토요일이면 교회에서 대형 프리마켓이 열린다.

"프리마켓에서 발견한 그림이야. 왠지 모르겠지만, 어린 시절의 내가 떠올라서 눈물이 났어. 보자마자 사지 않을 수 없더라고. 머리가 긴 젊은 여성이 팔고 있었어. 그동안 그린 걸 출품했대."

기하학무늬와 부드러운 빛이 교차하는, 연한 초록색 그림이었다. 오른쪽 아래에 'You'라는 사인이 있다.

마스터는 그 그림을 들고 잠시 물끄러미 보더니 불쑥 말했다.

"……프리마켓은 몇 시까지?"

"응? 아마 5시까지일걸."

손목시계를 보니 3시다. 파딩톤은 여기서 버스로 15분 정도 걸린다. 마스터는 자리에서 일어났다.

"미안, 파티에는 먼저 가줘. 이 사람 그림, 세상에 끌어내야 해."

마스터는 총총히 버스정류장으로 향했다.

나는 어안이 벙벙한 채 마스터의 등을 지켜보았다.

MASTER라는 말의 의미를 떠올렸다.

석사. 책임자. 장(長). 의사. 경영자. 정통자. 진행 역. 으뜸이 되는 자.

그가 '마스터'라고 불리는 걸 좋아하는 이유를 어렴풋이 알 것 같았다. 누군가를 위해, 무언가를 위해 그는 기점이 되어 사람을 움직인다. 마스터를 만나지 못했더라면 세상을 비춰보지 못한 빛이 많았을 것이다.

생각해보면 많건 적건 누구나가 누군가에게 그런 존재일지도 모른다. 자기도 모르는 사이에 우리는 누군가의 인생에 한자리 잡고 있다.

바닷바람이 강하게 불어서 오픈 카페의 파라솔이 흔들렸다.

산책 중이던 개가 마크의 다리에 매달렸다. 보호자가 황급히 줄을 당겼다.

"어이, 잭. 죄송합니다."

마크는 "아뇨, 아뇨." 하고 웃으며 다정하게 개를 쓰다듬었다. 늘 있는 일이다. 그냥 지나갈 뿐인데 언제나 개들이 먼저 마크에게 다가온다.

"마크는 정말로 개한테 인기가 많네."

내가 말하자 마크는 끄덕였다.

"응. 나 전생에 개였을 것 같아."

자신만만한 그의 표정에 나는 문자 그대로 눈을 희번덕거렸다.

11

참색기의 약속

Purple/Sydney

일본에 사는 마코에게 온 항공우편에 수제 책갈피가 동봉되어 있었다. 흰색 화지 끈을 달아서 코팅까지 했다. 분홍빛의 하늘하늘한 압화였다.

시드니에서 태어나 자란 호주인인 나도 그 꽃 이름을 알고 있다. 가르쳐준 사람은 마코다. 일본의 봄을 알리는, 마코가 제일 좋아하는 벚꽃.

마코가 시드니에 있을 무렵, 화창한 10월 어느 휴일에 나는 내가 좋아하는 길을 마코에게 안내했다. 자카란다 나무 가로수가 멋진 아치를 만들었다. 쏟아지듯 떨어지는 꽃잎이 도로를 물들여서 한층 아름다웠다. 자카란다 꽃은 호주의 봄을 상징한다.

"여기서 보는 자카란다를 좋아해. 이 보라색 풍경을 보면서 아, 봄이 왔구나 하거든."

내 말에 마코는 눈을 반짝거리며 벚꽃 얘기를 해주었다. 일본인도 벚꽃이 피면 봄을 느낀다는 것, 자카란다와 마찬가지로 벚나무 가로수가 무수히 많다는 것, 연한 분홍 색조가 자카란다의 연보라와 톤이 비슷하다는 것. 도쿄에서 절정은 4월이라는 것.

4월이 봄이라니 신기했다. 마코도 10월인 호주의 봄이 신기하겠지.

마코가 말했다.

"아, 메리한테도 보여주고 싶어! 내게도 있어, 내가 제일 좋아하는 벚꽃길이야."

나도 끄덕였다.

"그렇구나. 언젠가 4월에 벚꽃 보러 도쿄에 갈래."

빈말은 아니었지만, 어쩌다 보니 자연스럽게 입에서 나온 리액션이었다. 마코는 순간, 호흡을 멈춘 듯한 표정으로 나를 보더니 이내 얼굴이 환해졌다.

"꼭이야!"

10년 전, 고등학생이었던 마코는 교환학생으로 우리 집에 일 년 동안 홈스테이를 했다.

처음 마코를 만났을 때의 기분을 나는 지금도 또렷이 기억한다. 처음 본 순간 이렇게 생각했다.

반갑다. 아아, 반갑다.

먼 옛날의 기억이 깨어나는 듯한, 나보다 전의 내가 몸을 흔드는 듯한 느낌. 나는 이 아이를 알고 있다. 이미 이아이와의 추억이 있는 것 같다. 그때는 그것이 어떤 건지 몰랐지만.

선천적으로 심장이 약한 나는 체육 시간 이외에는 다른 아이들과 다름없는 생활을 했지만, 어릴 때부터 집에 틀어박혀 있기 일쑤였다. 내성적인 나를 보다 못해서 부모님은 홈스테이를 받기 시작했다. 또래 여자아이들과 접할 기회를 만들어주기 위해.

대부분 일본인 친구들은 "무리하지 마." 하고 나를 배려하거나 어떻게 대할지 몰라서 난감한 모습이었다. 친구와 아웃도어를 즐긴 일이며 여행 간 얘기 같은 건 왠지 내게 하기를 꺼렸다.

하지만 마코에게는 그런 벽이 없었다. 자기가 보고 들은 것을 몸짓을 섞어가며 드라마틱하게 얘기했다. 아무리 사소한 발견도 보물을 파낸 듯한 표정으로 내게 전하려고 했다. 마코와의 그런 시간은 마른 흙에 작물이 열매 맺는 듯한 행복을 내게 주었다.

그리고 마코는 부담이 없는 범위에서 나를 집에서 데리고 나갔다. 나는 조금씩 바깥 공기를 접하고 자연을 감상하고, 카페에서 보내는 한때의 즐거움을 찾게 됐다. 나보다 다섯 살 아래로 귀여운 여동생 같은 마코는, 언니처럼 자연스럽게 나를 선도했다.

마코와 나는 하염없이 얘기를 할 수 있었다. 반대로 같은 방에서 몇 시간이고 말없이 자기 할 일을 하고 있어도 조금도 불편하지 않았다.

마코가 귀국한 뒤, 몇 통이나 되는 항공우편이 우리 사이를 오갔을까. 약속한 건 아니지만, 꼭 답장이 오리라는 흔들림 없는 확신이 나의 힘없는 날들을 이어주었다.

마코의 영어는 점점 능숙해져서 이따금 원어민에게 편지를 받은 기분이 들었다. 처음에 마코가 사용한 얇은 편지지와 삼색기 봉투가 너무나 사랑스럽다고 내가 편지에 썼더니, 마코는 기특하게 한 번도 그 스타일을 흩트리지 않았다. 달라진 것은 볼펜으로 쓰던 것이 내가 선물한 만년필로 바뀐 정도다.

"보고 싶어." 하는 말을 서로에게 몇 번이나 쓰면서 좀처럼 실현하지 못했다. 마코는 대학에 가고, 졸업 후에는 영어 회화 학원 강사가 됐다. 마코는 수업을 해야 하니 장기 휴가를 받기 어렵고, 갑자기 몸이 안 좋아질지도 모르는 나는 해외에 나갈 수가 없었다.

우리는 마코가 귀국한 뒤로 줄곧 만나지 못했다. 그래도 마코와 나의 정기적인 편지는 끊이지 않고 이어졌다. 사람들이 다들 이메일을 사용하게 된 후로도 우리는 손에 들 수 있는 편지를 사랑했다. 바다 넘어서 오는 항공우편은 내게 '마코' 그 자체였기 때문이다.

일 년 전인 6월, 나는 병으로 쓰러졌다. 지병인 심장병이 악화한 것이다.

한 달 남짓 입원한 후, 의사가 이 병원에서 치료하기에는 어렵겠다고 선언했다. 소개장을 써줄 테니 의료 시설이 더 잘된 시드니 시내의 큰 병원으로 옮기라고 했다. 나는 고개를 가로저었다.

내가 입원한 병원은 교외에 있어서 병실 창문으로 넓은 바다가 시원하게 보였다. 나는 그 풍경이 마음에 들었고, 넓은 개인실도 편했고, 주치의도 간호사도 정말 좋아했다.

의사가 소개하겠다고 한 병원에는 몇 년 전에 일주일 정도 검사차 입원한 적이 있다. 빌딩밖에 보이지 않는 창, 정신없이 돌아다니는 스태프, 지독한 소독약 냄새. 아무리 의료시설이 잘 갖춰져 있다고 해도 그런 곳에서 정신 사납게 보내기는 죽기보다 싫었다.

"만약 여기에서 끝난다면, 차라리 그편이 나아."

7월 어느 날, 나는 마코에게 그런 편지를 썼다.

어릴 때부터 나는 오래 살지 못한다고 생각했다. 초등학교에 들어가기 전 엄마를 따라서 병원에 갔을 때, 진료실 밖에서 기다린 적이 있다. 살짝 문을 열어보니 의사 선생님과 엄마가 작은 소리로 얘기하고 있었다. 병이 있는 건 난데 건강한 엄마가 고통스럽게 미간을 찡그리는 것이 보였다. 그 모습이 머리에서 떠나지 않는다.

그때부터 내 생사와 직면하는 것이 두려워서 기대하지 않으려고 굳이 '나쁜 쪽'을 상정하는 버릇이 생겼다.

마코는 그 편지가 도착하자, 내가 입원한 병원에 전화를 걸었다. 그런 일은 처음이었다. 간호사실에서 국제전화를 받았더니 마코는 당장 큰 병원으로 옮기길 바란다고, 병을 고치도록 노력해달라고 애원했다.

"메리, 너, 나와의 약속 잊은 거야?"
전화기에 대고 마코는 울었다.

"약속?"
미안하지만, 나는 마코가 말하는 약속이 무엇인지 알지
못했다.

"기억나지 않는다면 좋아. 하지만 나는 줄곧 기다리고
있었어."
마코는 그렇게 말하고 전화를 끊었다.

화가 난 듯한 마코의 목소리에 이제 내가 싫어졌나 생각
했다. 그러나 일주일 뒤에 마코에게 무척 밝은 내용의 편
지가 날아왔다. 편지지 첫 장 끝에 뭔가를 흘린 듯한 갈색
얼룩이 있고 '핫코코아로 따스해지기를'이라는 말풍선이
붙어 있었다.

그리고 '그 병원이 메리가 가장 사랑하는 장소라면 병원
옮기지 말고 천천히 요양하는 것도 좋을지 모르겠어'라고
했다. 그렇게 반대했으면서 어째서 갑자기 마음이 바뀌었
을까.

"좋아하는 장소에 있는 것만으로 힘이 날 수도 있대. 어떤 사람이 그렇게 가르쳐주었어."

그 문장을 읽고 비로소 깨달았다.
마코와의 약속. 4월의 벚꽃이다. 마코가 가장 좋아하는 장소.
나는 바로 답장을 썼다.

"가을까지 꼭 병을 고쳐서 도쿄에 갈게. 마코와 함께 벚꽃을 볼 거야."

그러나 나의 병은 점점 진행됐다. 연말에 한 정밀검사 결과, 큰 수술이 필요하다는 진단이 나왔다. 수술이 잘되면 평범한 사람처럼 될 수 있을지도 모른다. 하지만 리스크는 컸다. 의사는 성공 확률이 반반이라고 했다. 수술 받겠다면, 어쩌면 이제 깨어나지 못할 수도 있다는 각오를 해주세요, 라고.
몸서리칠 정도로 무서웠다. 그러나 가능성이 반이나 있다면 도전해보자고 생각했다. 수술해서 건강해지자. 나는 마코와 벚꽃을 보러 갈 거니까. 그렇게 약속했으니까.

수술이 한창인 가운데 마취된 몸으로 나는 안개 낀 광경을 보았다.

얼마나 옛날일까. 호주의 시골 마을에서 나란히 있는 여자아이 둘. 침대에 앉아 있는 야윈 여동생에게 꺾어온 꽃을 살며시 건네는 언니.

희미한 기억에 점점 윤곽이 생기며 또렷하게 모든 것이 돌아왔다.

병약한 여동생, 그것은 나. 언제나 옆에서 지켜주는 언니, 그것은 마코. 멀고 먼 전생에서 자매였던 우리.

전생의 나는 죽는 것이 두려워서 언제나 겁먹고 있었다. 현생의 나도 여전히 그랬다. 죽는 걸 두려워하는 것과 살아 있는 것에 겁먹는 것은 똑같다.

"이 꽃, 광장에 잔뜩 피어 있어. 엄청 예뻐. 꼭 같이 보러 가자."

그날, 침대 옆에서 언니는 말했다. 응, 하고 나는 끄덕였지만, 그런 건 무리라고 생각했다. 광장까지 두 시간이나 걸어가야 한다. 그때의 내게는 너무 멀었다.

---스르륵, 커다란 빛이 나를 감쌌다.

예전에 경험한 적이 있는 느낌이었다. 전생에서 어린 나는 망설임 없이 빛 쪽으로 손을 내밀었다.

그때, 언니가 나를 부르고 있었다.

하지만 나는 언니에게 대답하지 않았다. 왜냐하면 나는 약하다. 더 이상 고통스럽게 살아가는 건 힘들다.

끝나도 좋다.

함께 꽃을 보지 못해서 미안해, 언니.

그때 놓아버린 생.

지워져버린 전생의 기억.

또 마찬가지다. 다시 태어난다 해도 다시 모든 것을 잊고 있겠지…….

"메리!"

나는 깜짝 놀라서 빛을 향해 뻗으려던 손을 멈추었다.

"메리, 잊은 거야? 그 약속, 나는 기대하고 있었어."

마코가 울고 있었다.

하여간 울보라니까. 나보다 훨씬 야무진 주제에 꽃이 시들 정도로 눈물을 흘리던 마코. 오페라하우스에서 뮤지컬을 보고 흥분해 내게 재현해 보이던 마코.

바비큐로 구운 오지 비프가 거대하다고 눈이 동그래졌지. 바다에 갔을 때는 수영하지 못하는 나와 놀아주느라 파라솔 아래에서 피시앤칩스를 먹으며 하염없이 수다를 떨었지. 밤에는 베란다에서 둘이 나란히 남십자성을 찾았지.

마코가 시드니에서 보낸 마지막 날, 내 침대에서 같이 잤다. 손을 잡고 머리를 맞대고. 내일이 오지 않으면 좋을 텐데, 하고 역시 마코는 울었다. 물론 나도.

마코가 보낸 항공우편. 떨어져 있어도 서로가 사는 세계를 전하는 온기가 담긴 편지. 상자 가득 모아두었다.

마코, 시드니에 와주어서 고마워. 나와 만나주어서.

처음 만났을 때의 일이 선명하게 떠오른다.

반갑다고 느꼈던 마코의 웃는 얼굴…….

---반가워?

그렇지.

그때 나는, 생각났다. 이 아이를 알고 있다고. 전생의 기억은 지워지지 않았다. 필요한 만큼 남겨져 있다.

소중한 사람이란 걸 바로 알아보도록. 그때 지키지 못한 약속을 이번에는 지킬 수 있도록. 나는 한 번 더 기회를 얻은 것이다.

"메리!"

마코가 나를 부르는 소리가 났다.

나는 대답했다. 이번에야말로.

"마코!"

살 거야.

이 시대를 확실하게.

전생에서 자매였기 때문이 아니다. 난 지금의 우리를 살 거다.

수술을 마치고 눈을 떴다. 새로운 내가 기다리고 있었다.

4월의 가을 하늘 아래, 나는 시드니 공항에서 비행기를 탔다.

수술 후 회복이 너무나 빨라서 의사는 놀랐지만, 나는 뭔가 당연한 듯이 느껴졌다. 몸이 벚꽃을 볼 수 있도록 맞

춘 것이다. 자카란다는 봄 동안 줄곧 피어 있는데 벚꽃의
만개는 믿을 수 없게도 며칠밖에 보지 못하니까, 느긋이
있을 수 없다.

처음으로 찾은 도쿄. 마코와의 10년 만의 재회. 나는 마
코와 둘이서 강변에 핀 벚나무 가로수를 보았다.

꽃구경하러 온 관광객으로 북적이는 강변에서 나는 마
코에게 말했다.
"있지, 마코. 다음에는 네가 시드니에 와. 나랑 자카란다
를 봐야지."
마코는 밤색 머리칼을 찰랑거리며 웃는 얼굴로 크게 끄
덕였다.
"꼭 갈게."
우리는 1초 앞도 모르는 채 살고 있다. 자기 의지만으로
는 어떻게 해야 할지 모르는, 대항할 수 없는 것도 맞은편
에서 찾아온다. 그럴 때 끝없이 부푸는 불안은 우리에게
무서운 시나리오를 쓰게 한다. 자기가 만든 스토리인데, 마
치 누군가가 떠맡긴 미래처럼, 그리고 그것이 이미 정해진
것처럼 우리는 위협받고 있다.
하지만 사실 그런 것은 어디에도 존재하지 않는다. 지금

여기에 확실히 있는 것은 호흡하는 나, 웃고 있는 마코, 피어 있는 벚꽃.

수면에 떠오른 꽃잎들이 이리로 갔다 저리로 갔다 하면서 천천히 흔들렸다.

나는 단지 약속한 날을 기대하면서 살고 있다. 마코가 다시 시드니에 와서 함께 자카란다를 보면 또 다음 약속을 해야지.

나는 마음속으로 그렇게 생각하며 물결을 타고 떠내려가는 벚꽃잎을 황홀하게 바라보았다.

12

러브레터

While/Tokyo

늘 앉던 그 자리에서, 오늘은 당신에게 편지를 쓰고 있습니다.

당신이 조금 전 가져다준 핫코코아를 마시며 천천히 시간을 들여서 마음을 전하고자 합니다.

내가 이 마블 카페에 다니게 된 지도 벌써 계절이 한 바퀴 반이 돌았네요. 시스템화된 체인점의 편안함도 싫지 않지만, 이곳은 유일무이한 공간입니다. 이 카페의 느긋한 여유로움이 나는 너무 좋습니다.

이따금 바뀌는 벽의 그림도 나의 즐거움. 지난주부터 장식된 초록색 원이 여러 개 겹친 저 파스텔화는 추억을 더듬는 듯한 몽글몽글한 기분을 느끼게 합니다.

당신은 이름표를 달지 않았고, 점원은 당신 혼자뿐이라 스태프를 부를 일도 없어서 나는 당신의 이름을 모릅니다. 내가 아는 것은 당신이 아마 나보다 조금 연하이고 일 잘하는 남성이라는 것뿐.

하지만 괜찮습니다. 나는 이 가게에 처음 왔을 때부터 몰래 당신의 이름을 지었어요.

눈이 오는 하얀 겨울날이었죠.

강변의 잡화점에서 쇼핑하고 돌아오는 길에 다리 너머 큰 나무 그늘에 켜져 있는 불빛을 처음으로 발견했어요. 지금까지 눈에 들어오지 않았던 건 벚나무 가로수에만 정신을 빼앗기고 있어서였나봐요. 꽃도 잎도 완전히 다 진 나무 속에서 모습을 보인 마블 카페. 너무 추워서 온기를 찾고 싶었던 나는 다리를 건넜답니다.

가게 안은 울고 싶을 정도로 평화롭고 따뜻했어요. 입구의 벤저민이 무성한 잎을 기분 좋게 자랑하고 있고, 원목의 소박한 테이블과 의자가 손님을 기쁘게 맞아주는 듯했어요.

나는 창가 구석 자리에 앉아서 안도의 한숨을 쉬었습니다. 시린 손도 차가워진 뺨도 귀도 해동되어 몸이 흐물흐물 녹는 것 같았어요.

옆 테이블에는 버섯 머리를 한 작은 남자아이와 젊은 아빠가 있었죠.

남자아이는 비행기 모형을 들고 '부우웅' 하고 날리는 시늉을 하며 즐거워하고 있었습니다.

나보다 조금 먼저 들어왔던가 봐요. 그들은 주문을 마치고 기다리는 참인 것 같았습니다.

나는 메뉴를 펼치고 카페오레로 할까, 얼그레이로 할까, 갈등했어요.

그때, 당신이 옆 테이블에 음료를 갖다 주러 왔습니다.

"앗, 다쿠미 코코아다."

남자아이가 기쁜 듯이 소리를 질렀습니다. 그 아이의 '코코아'라는 발음이 얼마나 귀여운지 나는 엉겁결에 그쪽을 보았어요.

당신은 아빠에게 먼저 커피를, 그리고 '다쿠미' 앞에 조심스럽게 코코아를 내려놓았습니다.

"핫코코아입니다. 뜨거우니 조심하세요."

다쿠미를 향한 그 목소리와 미소.
'뜨거우니 조심하세요'라고만 했더라면 친절한 점원으

로 비쳤을 뿐이었겠죠. 하지만 그 목소리에는 사람에 대한 경의와 일에 대한 긍지가 배어나서, 나는 단숨에 마음을 사로잡혀버렸습니다. 아직 유치원생일 남자아이에게 '한 사람의 손님'으로 진지하게 대응하는 당신에게. 그리고 너무나 부드러운 '코코아'라는 발음에.

아, 진짜구나. 그렇게 생각했습니다.
일률적인 매뉴얼대로 하는 게 아닌 당신의 진심.

당신이 부자의 자리에서 떠날 때 나도 불러서 주문했죠.
"핫코코아 주세요."
당신은 온화한 미소를 지으면서 "네, 핫코코아요." 하고 복창했습니다.

한 번 더 맛본 당신의 입술에서 쏟아지는 '코코아'는 다쿠미의 그것보다 쌉쌀하긴 하지만, 은은하고 달콤하여 나는 얼굴이 벙글어지는 걸 참느라 애먹었습니다.
당신을 만나고 처음 알았습니다. 세상에는 '첫눈에 반하기'만 있는 게 아니라 '첫소리에 반하기'도 있다는 걸.
나는 마음속으로 당신의 이름을 지었습니다.

'코코아 씨'.

그 후 줄곧 마음속으로 당신을 그렇게 부르고 있습니다.

나는 언제나 이곳에서 시드니에 있는 친구에게 항공우편을 쓰고 있습니다.

고등학교 시절, 시드니에서 1년 동안 교환학생으로 산 적이 있어요. 그 친구는…… 메리는 내가 홈스테이한 집의 외동딸이에요.

영어는 제법 한다고 생각했는데, 실제로 원어민 속에서 생활해보니 나의 영어 회화는 턱없이 부족했습니다.

하지만 신기하죠. 메리와는 몇 안 되는 단어만으로 의사를 서로 전할 수 있었어요. 때로는 눈만 마주쳐도 기분을 읽을 수 있을 정도였어요.

같은 일본어를 사용하는 일본인끼리도 의미를 잘못 알아듣거나 무슨 생각을 하는지 모를 때가 있는데요. '말이 통하지 않는다'란 건 그런 의미일지도 모르겠어요.

그 점, 메리는 '말이 통하는' 상대였습니다. 메리가 하는 말은 모르는 단어가 섞여 있어도 쉽게 이해됐습니다. 반대로 내가 영어에 막혀도 메리는 내가 하고 싶은 말을 다 알아들었습니다. 어느새부터 메리와 있으면 내 입에서 저절로 영어가 쏟아졌습니다. 원래 사용했던 말을 '떠올리는' 것처럼. 영어를 모국어로 사용하는 호탕한 호주인으로 돌아간 것 같은 이쪽이 진짜 나처럼 생각됐습니다. 다른 사람과 있을 때는 그런 기적이 일어나지 않아서, 역시 영어를 제대로 익히는 데는 많은 공부가 필요했습니다만.

그래서 일본에서 메리에게 편지를 쓰는 것은 내겐 재활 훈련이기도 합니다. 분주한 날들 속에서 일단 원래의 나로 되돌아와서, 다시 새롭게 나아가기 위한.

마블 카페를 만나고 나는 편지 쓰기에 최적의 장소를 찾았다고 생각했습니다. 내가 나답게 나를 해방하여 메리와 연락을 주고받을 수 있는 특별한 공간.

그런 메리와 말다툼이라곤 한 적 없었는데, 딱 한 번, 전화로 싸움 같은 걸 한 적이 있습니다. 작년에 메리가 목숨이 걸린 병으로 입원했을 때입니다.

의사가 큰 병원으로 옮기라고 지시했는데 메리는 "여기가 편하니까." 하고 거부했습니다. 나는 "다른 병원으로 가, 고치도록 노력해." 하고 주제넘은 간섭을 하고 말았습니다. 제일 사랑하는 친구를 잃는 것이 무서워서 메리의 기분을 헤아리지 못했어요.

몹시 우울한 마음으로 당신의 코코아를 마시러 가게에 왔지만, 내가 좋아하는 자리는 비어 있지 않았습니다. 할 수 없이 다른 테이블에 앉아서 한동안 멍하니 생각에 잠겨 있는데 당신이 갑자기 말을 걸어주었어요.

"늘 앉으시는 자리 말입니다. 좋아하는 자리에 앉는 것만으로 힘이 날 때도 있잖아요."

저기요, 코코아 씨. 내가 그때 얼마나 놀라고 얼마나 기뻤는지, 그리고 얼마나 안도했는지, 아마 당신은 모를 거예요.

정신을 차리고 보니 당신은 언제나의 자리를 깨끗이 치워놓아서, 그곳은 마치 나를 위한 장소처럼 반짝반짝 빛나고 있었어요.

좋아하는 장소에 있는 것, 그것이 힘을 준다. 정말로 그렇다고 생각했습니다.

그렇다면 메리도 마음 편한 곳에서 보내는 것이 무엇보다 치료가 될 거라고 나는 그제야 깨달았습니다. 나도 아무런 경험도 추억도 없는 고급 레스토랑보다 이 가게에 있을 때 훨씬 행복한 기분이 들거든요.

내가 늘 이 자리를 선택하는 것은 구석이어서 안정된다는 것, 창으로 제일 좋아하는 벚꽃이 보인다는 것. 그리고 그 눈 오는 날, 내가 사랑을 느낀 순간의 자리이기 때문입니다.

이 자리는 언제나 나를 다정하게 맞이해주고, 그날 한 장면이 선명히 떠오르게 하죠. 나는 이곳에 앉아서 즐겁게 일하는 당신을 몰래 보고 있답니다. 눈이 마주치지 않도록 시선을 다른 데 두면서 당신을 시야에 넣는 기술도 익혔죠. 눈이 마주치면 일에 진지한 당신은 "뭘 도와드릴까요?" 하고 날아올 것 같아서. 그러면 나도 모르게 "좋아해요"라고 말할 것 같아서.

메리는 병을 이겨내고 눈 깜짝할 사이에 회복되어 얼마 전 나를 만나러 도쿄에 왔답니다.

강변에서 어깨를 나란히 하고 함께 벚꽃을 보았죠. 다음에는 내가 시드니에 가기로 약속 했어요.

하고 싶다고 생각하면서 좀처럼 실현하지 못하는 것이 많아요. 살짝 내딛기만 해도 이루어질 텐데.

좋아하는 사람과 좋아하는 곳에서 좋아하는 경치를 보며 좋아하는 것 얘기하기.

나는 지금까지 그렇게 소중한 바람을 갖는 데 좀 겁먹고 있었던 것 같습니다.

하지만 생각했을 때 나아가지 않으면 줄곧 멈춘 채로. 그뿐만 아니라 그 바람은 이루지 못하는 사이 마음째 사라질지도 모릅니다.

벚나무 가로수 아래로 흐르는 강을 바라보면서 나는 당신을 몇 번이고 생각했습니다.

내가 마블 카페에 오는 것은 항상 업무가 끝난 목요일, 오후 3시.
언제나 같은 자리에서 같은 주문.
여기에서 당신을 보고 있는 것만으로 좋았어요.
"핫코코아 주세요"라는 말을 나눌 수 있다면.

그러나 이제 정해진 그 시간과 장소에서 한 걸음 더 나아가고 싶어졌습니다.

흩날리는 분홍 꽃잎도 여린 초록도, 새빨갛게 물든 단풍도, 새하얀 눈도 앞으로는 당신과 함께 보고 싶어요.
내 얘기를 당신에게 하고 싶어요. 그리고 당신의 얘기도 듣고 싶어요.

별처럼 먼 꿈도 손바닥에 올릴 만큼 작은 일도, 아주 많이 많이.

그러니까 코코아 씨.

앞치마를 벗고 나를 만나주지 않겠습니까.

글이 너무 길어졌네요. 처음 쓰는 러브레터 슬슬 마무리하고, 봉함하여 당신에게 건네도록 하겠습니다.

그리고 웃는 얼굴과 함께 한 마디 덧붙이려고 합니다.

"뜨거우니, 조심하세요"라고.

'좋아요'를 누르고 싶은 작가가 등장했다

아오야마 미치코 님. 오랜만에 읽자마자 '좋아요'를 열 번 스무 번 누르고 싶은 작가를 만났다. 달콤한 흥분으로 번역하는 내내 입가에 미소가 맴돌았다. 이것이 내 개인 취향만은 아니란 것은 그가 일본서점대상에서 2년 연속 2위에 오른 것만으로도 알 수 있다. 그것도 문단 데뷔 5년 차에. 아시는 것처럼 일본서점대상은 일본 전국의 서점에서 근무하는 분들이 투표로 뽑는 상으로, 이제 독자들에게는 아쿠타가와상, 나오키상보다 더 믿고 읽는 상이 됐다. 그런 일본서점대상에 2년 연속 2위를 한 작가는 또 처음 있는 일이어서 2022년 상반기 일본서점대상은 한동안 아오야마 미치코 님에게 화제가 집중됐다. 서점인들의 마음에 확실한 도장을 찍어서 앞으로도 서점대상 단골 작가가 될 것 같다는 평들이다. 그의 소설을 읽고 '좋아요'를 누르고 싶은 마음은 이심전심이었던 것이다.

《목요일에는 코코아를》에는 도쿄와 호주의 시드니를 배

경으로 각각 6편, 총 12편의 연작 단편이 실려 있다. 당장이라도 시드니행 비행기표를 끊어서 떠나고 싶을 만큼 생생한 시드니의 정서와 풍광에 작가와 시드니의 관계를 의심했더니 역시. 아오야마 미치코 님은 시드니에서 1년 동안 워킹홀리데이를 마치고, 시드니에 있는 일본계 신문사에 2년 동안 근무했다고 한다. 이런 경험이 작품에 고스란히 녹아 있으니 어찌 읽는 사람의 마음이 동하지 않을 수 있을까.

이 작품은 2017년에 발표한 아오야마 미치코 님의 데뷔작이다. 이 작품으로 제1회 미야자키책대상을 수상하기도 했다. 앞 장에 등장한 인물이 다음 장의 화자가 되는 배턴 터치 식 구성과 훈훈한 내용에 책장이 술술 넘어간다. 12편의 단편 중에, 회사에서는 슈퍼우먼이지만, 집에서는 달걀말이도 제대로 못 만드는 엄마의 이야기를 그린 Yellow 편 '참담한 달걀말이'는 명문 중학교 입시 문제에 장문이 인용 출제된 이후, 종종 입시에 등장한다고 한다.

목요일에는 코코아를. 코코아를 마시는 곳은 벚나무 가

로수 길 끝에 있는 아담하고 정갈한 '마블 카페'란 곳이다.
마블 카페의 주인인 '마스터'는 재능이 있어도 기회를 얻
지 못한 사람들을 찾아내어 빛을 보게 하는 모든 이의 마
스터. 첫 번째 화자인 마블 카페의 점원이자 점장인 와타
루도 마스터가 첫눈에 알아본 인재다. 와타루를 필두로 하
여(Brown) 화자는 계속 바뀐다. 마블 카페의 손님 아사미
(Yellow), 아사미의 아들이 다니는 유치원 선생님 에나(Pink),
에나의 상사인 야스코(Blue), 야스코의 친구인 리사(Red),
리사가 호주에 신혼여행 가서 만난 노부부(Grey), 노부부가
호텔에 식사하러 갔을 때 서빙한 아르바이트생이자 화가
지망생인 유(Green), 유가 가끔 가는 샌드위치 가게 주인 랄
프 씨(Orange), 랄프 씨가 짝사랑한 신디(Turquoise), 신디의
아로마테라피 선생님인 그레이스의 친구 아쓰코(Black), 신
디의 일본인 친구 마코의 절친인 메리(Purple), 마블 카페 손
님이자 1편의 와타루가 짝사랑하는 마코(White).

　이렇게 화자가 이어지고, 화자의 지인들이 다른 이야기
속에 등장하기도 한다. 그야말로 위아더월드. 사소한 스포
일러이지만, 속편인《월요일에는 말차 카페》에서도 '마블
카페'와 마스터를 중심으로 하여 12편의 이야기 속에 12명
의 화자가 등장한다.《목요일에는 코코아를》에 등장한 사

람의 가족이 화자가 되기도 하여, 읽다 보면 어느새 마블 카페 구석에 앉아서 다른 손님들 얘기를 듣고 있는 기분이 든다(기대해주세요).

짧은 분량과 재미있는 구성과 훈훈한 스토리의 삼단콤 보인 이 사랑스러운 아오야마 미치코의 소설이 스마트폰에 홀려서 잊고 있던 독서를 찾는 계기가 됐으면 좋겠다. 마블 카페의 다른 요일 이야기도 나오길 기다리며.

권남희

목요일에는 코코아를

초판 1쇄 발행   2022년 6월 30일
초판 3쇄 발행   2023년 3월 15일

지 은 이   아오야마 미치코
옮 긴 이   권남희
펴 낸 이   한승수
펴 낸 곳   문예춘추사

편   집   이상실
마 케 팅   박건원, 김지윤
디 자 인   박소윤

등록번호   제300-1994-16
등록일자   1994년 1월 24일
주   소   서울특별시 마포구 동교로 27길 53, 309호
전   화   02 338 0084
팩   스   02 338 0087
메   일   moonchusa@naver.com

I S B N   978-89-7604-523-2 03830